雨音恵
Illust. Re岳
JN055843
俺の前では
乙女で可愛い
姫宮さん
Himemiya-san,
a maiden and cute girl
in front of me

「ごめんなさい。
私のせいで……
怪我していない？」

「ねぇ、奥川君。
大丈夫？　私の声、
ちゃんと聞こえてる？」

奥川唯斗
Yuito Okugawa
天乃立学園高校の2年生。
姫宮奏と同じクラス。
喫茶店「マーブル」で
アルバイトをしている。
女性扱いは得意ではない。
奥川祭
Matsuri Okugawa
天乃立学園高校の1年生。
唯斗の可愛い義妹。
明朗快活で常に元気で明るい。
オタク文化に染まっている。
Love you

夢乃ノエル
Noel Yumeno
七星女学院の1年生。
奥川祭と小中学校の同級生で親友。
愛らしい美貌と抜群のスタイルの持ち主。
北欧系のクォーター。
姫宮奏
Kanade Himemiya
天乃立学園高校一のクール美少女。
その凛々しさから
「天乃立の王子様」とも呼ばれているが、
実はお姫様願望がある。

「むぅ……その反応は何かな？
もしかして私のバスタオル姿に
魅力はないから
見る価値なしってこと？」

「むしろその逆だよ。
魅力がありすぎて直視
できないんだよ！
というか奏さん、
バスタオルの下はその…
裸だよね？」

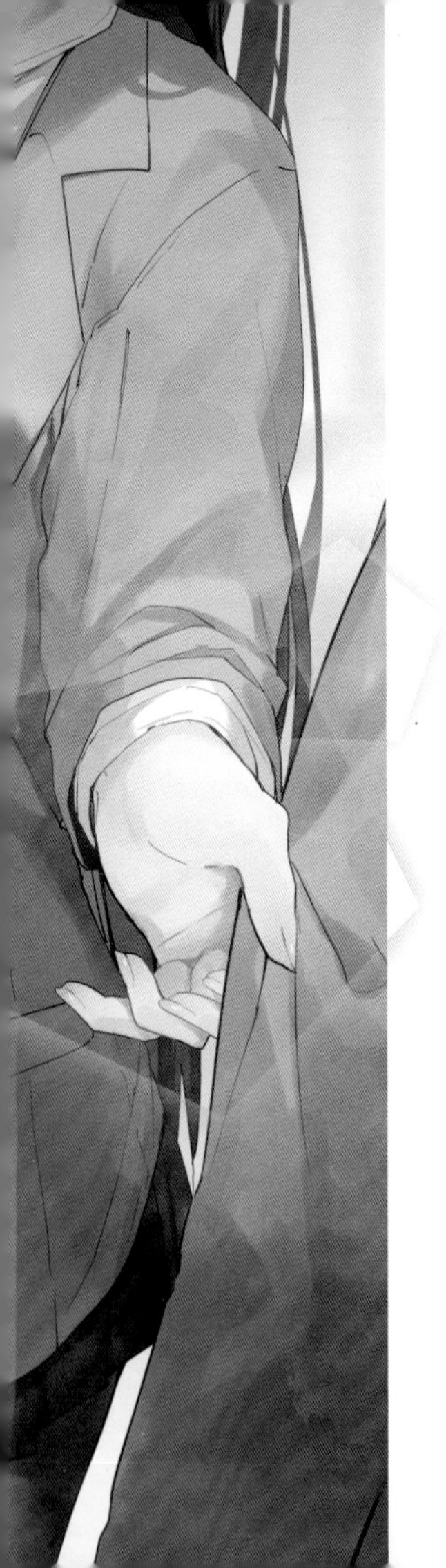

# CONTENTS

Himemiya-san, a maiden and cute girl in front of me

# 俺の前では乙女で可愛い姫宮さん

雨音恵

〔イラスト〕Ｒｅ岳

# 第1話：王子様な美少女の乙女な一面

いつも凛々(りり)しくてカッコイイ、王子様みたいな人が本当は可愛い物が大好きな、お姫様思考の持ち主だと自分だけが知ることになったらどうだろうか。

あまりの可愛さにきっとギャップ萌えに悶えてキュン死するんだろうなぁと思うけれど、そんなことは現実で起きるはずがない。そういうのはラノベの世界だけの出来事だ。

しかし春休み終了が間近に迫り、新学期の足音が聞こえ始めたこの日。まさか身をもって実体験することになるとは思わなかった。

「はぁ……私もこういう恋愛がしてみたいなぁ」

喫茶店の窓際の席に座る一人の美少女がアンニュイなため息をついていた。パタンと手にしていた文庫本を閉じながら悦に浸る姿はそれだけで一枚の絵になりそうだ。

「あれって……姫宮さんだよな？」

そんな彼女と俺——奥川唯斗——は顔見知り、というか高校のクラスメイトだ。

しかし普段学校で見かける姫宮さんと今の彼女はまるで別人だ。

「私の前にも現れないかな……王子様」

はぁと再びため息を吐きながら呟く彼女の名前は姫宮奏。

都立天乃立学園高校に通う一年生——と言っても来週には進級して二年生になるのだが——で俺の同級生で、男子生徒のみならず女子生徒からも絶大な人気があり、『天乃立の王子様』や『天乃立の女神』などと呼ばれているアイドル的存在だ。

透き通った宝石のような瞳。すぅと通った鼻梁に浮世離れした美しい顔立ちはさながらおとぎ話に登場する王子様のようであり、絵画に描かれる戦女神でもある。また澄んだ夜空を思わせる純黒の黒髪は、凛とした静けさと可愛らしさが両立していて幻想的な美しさがある。

その端麗な容姿に加えて彼女はスタイルも抜群だ。

すらりと伸びる肢体、モデル顔負けのキュッとくびれた柳腰にたわわに実った二つの果実に安産型の桃尻はまさに黄金比。人の身を超えた美を有していると言っても過言ではない。ホント、神様というのは不公平なものである。

それ故に彼女は一年生の頃から今に至るまで、先輩後輩問わず毎日のように告白をされていたし、バレンタインデーの時には両手に抱えきれないほどのチョコを渡されていた。けれど姫宮さんが想いに応えることは決してなく、告白も全て「ごめんなさい」の一言で撃沈させてきた。

そのことから男子の間では失恋の苦さを教えてくれるということで、裏で『糖類ゼロの女神』とも呼ばれているとかいないとか。

「はぁ……私もお姫様になりたいなぁ……」

そんな姫宮さんがもう何度目になるかわからないため息を吐き出して、ついにはテーブルに突っ伏してしまった。

そんなだらけた姿を学校では見たことないので驚きだ。この様子を写真に収めてファン（非公認）に売ったらぼろ儲けできそうだ。

「唯斗君。パンケーキと蜂蜜カフェオレのセットの用意できたよ。配膳お願い」

「あっ、はい。わかりました」

厨房から聞こえてきた店長の声に意識を現実に引き戻して料理を受け取った。あれ、これを運ぶのってもしかして――

「フフッ。そうだよ。これは奥のテーブル席で百面相をしている可愛いお客さんのオーダーだよ。彼女はうちの常連さんだからよろしくね」

この喫茶店『マーブル』の人気メニューのふわふわパンケーキを頼んだというのか、あの姫宮さんが！　まぁ店長が作るパンケーキは絶品だし、この店を訪れるお客さんのほとんどがこれ目当てだから当然と言えば当然だな。というか姫宮さん、この店の常連なのか？

「そうだよ。だいぶ前から通ってくれているけど唯斗君は会うのは初めてか。フフッ、それなら実に運がいい。あの子に会うと良いことが起きるってもっぱらの評判なんだ。現にうちの店も彼女が通うようになってから売り上げも右肩上がりだからね」

ニコリと笑う店長に思わずドキッとしてしまう。うちの店長、無駄に美人でカッコいいんだよなぁ。絶対学生時代モテたと思う。

そうそう。言い忘れていたが俺はこの喫茶店『マーブル』でアルバイトをしている。店長が俺の母さんと学生時代の友人ということもあり、その伝手で働かせてもらっている。もちろん学業に支障がない範囲でだが。

「さぁ、唯斗君。無駄話はこれくらいにして早く料理を運んであげてくれ。幸運を運んでくれる我が店の女神様の機嫌を損ねないように気を付けるんだよ？」

「わかっていますよ、店長。行ってきます」

頑張れと手を振る店長に見送られ、俺はいつもより少し緊張しながら姫宮さんが座るテーブルのもとへと向かう。

彼女は依然として現実に戻って来られていないのか、テーブルに突っ伏している。こういうだらけた一面もあることに微笑ましさを感じながらそれを全力で押し殺して優しく声をかける。

「お待たせしました。ふわふわパンケーキと蜂蜜カフェオレのセット、お持ちいたしました」

「──!?　あ、ありがとう。あぁ……相変わらず生クリームたっぷりで美味しそう……写真撮ってもいいですか？」

ガバッと勢いよく顔を上げた姫宮さんは俺に一瞬だけ視線を向けたが、すぐにパンケーキに目を奪われたようだ。

真珠のような瞳をキラキラとさせながらうっとりした表情でパンケーキにスマホのカメラを向ける。

どうしたんだろう？　早く写真撮ればいいのに。あぁ、俺がいたら集中できないか。

「それでは、ごゆっくりどうぞ」

俺は一礼して踵を返した。同級生と言ってもクラスが違うから俺のことはわからないよな。少し、ちょっぴり、悲しい。

「あ、あの！　写真は撮ってもいいんですよね？」

ん？　店長の話では姫宮さんは常連さんなんだよね？　それならうちの店は写真撮影オッケーなことも知っていると思うのだが。それとも毎回こうして確認をしているのだろうか？　随分と律儀な人だな。

「もちろんですよ。たくさん撮ってついでに宣伝してください」

このご時世、SNSでの宣伝の威力は計り知れない。姫宮さんが有名どころのSNSを活用しているかはわからないけれど、写真に一言添えて発信してくれたらバズること間違いなしだ。そうすれば売り上げが上がって店長はウハウハ、俺は給料が上がってウキウキ、なんてことをアホなことを考えながら俺は改めて退散しようとしたのだが、

「あ、あの！　もう一つだけお願いしてもいいですか？」

「？　はい、なんでしょうか？」

　またしても姫宮さんに呼び止められた。まだ何かあるのだろうか？

「私がこの店に通っていることは内緒にしておいてくれるかな、奥川君？」

　俺のことに気が付いていた⁉　いや、そんなことよりも今目の前にいるこの人は糖類ゼロとかブラックコーヒーとか散々なあだ名で呼ばれている人と同一人物とは思えない。

　なぜなら今の姫宮さんは頬をほんのり朱に染めて微笑んでいるのだ。こんな蕩(とろ)けるような甘くて可愛い笑顔、見たことない。

「最後にもう一つ。写真。撮ってもらってもいい？　私、自撮りが苦手だから奥川君に撮って欲しいんだよね。それともそんなサービスはしていないかな？」

　しれっとお願い事を追加するのは止めていただけませんか？　なんて野暮(やぼ)なツッコミはせず俺は黙ってコクリと頷いた。

　店長がカウンターの中でニヤニヤ笑っているのが視界の端に見えたが気にしない。

「わかりました。俺でよければ撮りますよ。でもあまり――」

「やった！　ありがとう、奥川君！」

　期待しないでくださいと俺が言うよりも前に姫宮さんは嬉しそうに肩を弾ませると、スマホを手渡してきた。カメラはすでに起動済みか。これならシャッターを押すだけで済むか。しかしその前にどうしても気になることが。

姫宮さんのスマホケースは手帳型で、この素材自体はごく普通のものなのだが、でかでかと一部界隈で絶大な人気を誇る銀髪ケモミミ美少女のイラストがあり、彼女のことを見慣れていることもあって思わず呟きが漏れてしまった。

「このスマホケース、もしかして雪上シエル？」

「え、もしかして奥川君ってシエルちゃんのこと知ってるの⁉　むしろ好きだったりするの⁉」

ガバっと身を乗り出して今日一番の食いつきを見せる姫宮さんに驚いた俺は、思わず一歩後退りながらこくりと頷いた。

雪上シエルとは近年話題となっているバーチャル世界で活動しているいわゆるVチューバーである。大人びた容姿に新雪のような美しい銀髪と狐耳が特徴の女性で、主にゲーム実況の生配信を中心に活動している。

人気に火が付いたのは某ホラーゲーム実況。最初は優雅にヘッドショットしていたのだが、余裕をかましすぎて弾薬が尽き、ナイフで立ち向かうしかなくなるという絶体絶命に陥（おちい）り、発狂して素をさらけ出しながらクリアするという放送事故が起きた。しかしこのギャップが視聴者に大うけし、活動開始から二年経った今では登録者80万人を超す超人気配信者になった。人生何が起きるかわからないな。

ちなみにどうしてここまで詳しいかというと、特段俺が好きというわけではなく妹がこのVチューバーの大ファンで生放送が始まるたびに俺の部屋に来てベッドとPCを占領するのだ。つい先日も、

『教えてユイ兄！　どうしたらシエルちゃんにスパチャができるの⁉』

なけなしのお小遣いやら貰ったお年玉を全額つぎ込もうとするので毎回止めるのが大変だった。

「私も見始めたのは最近なんだけどすごく可愛くてドはまりしちゃったのよね。今ではシエルちゃんの生放送を観ることが生きる糧になっていると言っても過言ではないくらい。あぁ、どうしてシエルちゃんはあんなに可愛いのかしら……」

アンニュイなため息を零(こぼ)す姫宮さん。いや、いくら何でもそれは過言だろうと口から出かかったが、ぐっと堪えて俺は苦笑いを浮かべながら〝なるほど〟とだけ返した。

何がなるほどなのかは聞かないでくれ。俺にもわからない。

「姫宮さんがVチューバー大好きなのがわかったところで、そろそろ写真撮らない？　せっかくのパンケーキが冷めたら台無しだよ？」

「はっ⁉　そうだった！　シエルちゃんのことを考えていたらパンケーキのことすっかり忘れてた！　奥川君、早く撮って！」

「……それじゃ撮るよ。はい、チーズ」

忘れてたんかいと心の中でツッコミを入れつつ、お皿を両手で持って満面の笑みを浮かべる姫宮王子を写真に収めた。ピントがパンケーキではなく姫宮さんの顔に合ったのはカメラの顔認証機能のせいであって俺のせいではない。

「はい、姫宮さん。念のためちゃんと撮れたか確認してくれる？」

「ありがとう、奥川君。うん、バッチリだよ。これで長年の悲願が達成された」

飛び切りの美少女が満開の桜のような笑顔を浮かべたらとてつもない破壊力があることを俺は初めて知った。おかげでライフはもうゼロだ。

「それじゃ俺は仕事に戻るから。冷めないうちに食べてね」

「フフッ。仕事をしているクラスメイトの前で食べるのは何だか申し訳ないけど、お言葉に甘えさせてもらうね」

ふぅ。これでようやく解放される。美少女でありながら王子様然としている姫宮さんと話しているだけで頭がどうにかなりそうなところに、乙女な一面を見せるのは反則だ。あのギャップ萌えは全人類を魅了しかねないな。

「お疲れさま、唯斗君。同級生のイケメン美少女はどうだった？　すごく可愛いと思わないか？」

　カウンターに戻ると姫宮さんとはまた違った、大人の色気を醸し出す美人店長から労（ねぎら）いとからかいの言葉を笑顔のおまけ付きでかけられた。

「え、えぇ。それはもう飛び切りに。って何を言わせるんですか。そもそも店長、姫宮さんのことを知っているんですか？」

「まぁね。王子様と呼ばれた者同士、意気投合してね。私と彼女は年齢こそ二回り離れているが親友と言っても過言ではないよ」

　腕を組んでフフッと不敵に笑う店長。息子の俺が言うと変に聞こえるかもしれないが、母さんは正直言って可愛いと思う。

　一緒に歩いていると姉弟、もしくは恋人と間違われることもしばしばある。しかし店長はその対極にいるカッコよくて綺麗な人だ。でも未（いま）だに独り身だって言うんだから世の中信じられない。

「アハハ……まぁ自分で言うのもあれだけど、私は色々拗（こじ）らせているからね。だから唯斗君は私のようになったらダメだよ。いいね？」

　母さんから聞いた話だと、学生時代の初恋が忘れられていないとのことだが、この店長を選ばなかった人は一体どんな人なのか気になるところではある。いつか聞けたらいいなと思っていると来店を告げるカランという鐘が鳴った。

「ここが噂の隠れ家的な喫茶店か！　レトロな雰囲気でいい感じじゃん！」

「しかも会うと幸運になれる客がいるらしいぜ？」

俺は心の中で盛大に舌打ちをした。

来店してきたのは大学生らしき若い男性の二人組。よく言えばヤンチャ系、悪く言えばチャラ男という類だな。一人は髪を茶色く染めてパーマヘア、もう一人はサイドを刈り上げてツーブロックにしている。できることなら近づきたくない部類ではあるが、

「……唯斗君。万が一の時はよろしく頼む」

機嫌のよかった店長が一転して低い声で言った。接客業においてお客様は神様です、という言葉があるが我が店長は、

――店の雰囲気を壊すなら、たとえ神様であっても許さない――

許さないというか殺す気満々の方針を掲げている。そのため先ほどの〝よろしく頼む〟の中には「黙らせろ。万が一の時は店からたたき出せ」という意味が込められているのだ。多分、きっと、maybe。

店長の身体から不機嫌なオーラが漏れ始める。うん、このまま放置しておくのは危険だ。誰が危険だって？　それはもちろん八つ当たりされることになる俺自身がだ。

「いらっしゃいませ、お客様。お二人ですね？　お席は空いているところにおかけください」

「はいはい、そうしまーす。って……おい、見てみろよあの子！　めちゃくちゃ可愛くないか⁉」

チャラ男の一人が窓際の席でパンケーキを頬張っている姫宮さんに気が付いた。相棒はヒューと口笛を吹いて気色の悪い顔を浮かべながら二人そろって姫宮さんの方へ歩き出す。おいおい、何をする気だ？　まさか――

「ねぇねぇ。君、一人？　なんなら俺らと一緒に食べない？」

「この店の代金は俺らが奢(おご)るからさ、これからどっか遊びに行こうよ！」

やっぱりかぁあああ‼　よりにもよってうちの店でナンパかよ‼　店長が一番嫌いな行為なんだぞ！　数ある迷惑行為の中でも最も嫌悪しており一瞬で不機嫌ゲージが限界突破する。

「唯斗……殺(や)れ」

案の定、店長は完全にお冠モードだ。その証拠に殺れという言葉とともに親指で首をスゥっと横一文字に掻き切る動作をしながら、今すぐ奴らを駆逐して来いと訴えている。

俺は盛大なため息を吐きながら姫宮さんの元へと向かう。

「少し静かにしていただけませんか？　せっかくの美味しいパンケーキが台無しです」

「わぁお！　さすが美人ちゃん！　つれない態度もいいねぇ！　そそるねぇ！」

「ツンデレってやつ⁉　デレた顔が見たいなぁ！」

これは店長でなくても聞いているだけで気分が悪くなるな。温厚が人の形をした俺でもイラっとする。早く仲裁に入らないと姫宮さんが可哀想だ。

だがそんな俺の心配をよそに、彼女は大きくため息をつきながら水の入ったコップを手にとると躊躇うことなくバシャっと二人にぶっかけた。

「私は静かにしてくださいって言ったんですけど？　あなた達は人の言葉が通じないお猿さんですか？　それとも万年発情期ですか？　あぁ、この言い方だとお猿さんに失礼でしたね。ごめんなさい」

な、何しているんだよ姫宮さん⁉　水をぶっかけるだけならまだしも（いやよくないけど）挑発までしたらダメだろう⁉　しかも顔色一つ変えずに涼しげな表情で言うものだから効果は抜群で、ナンパ師のお兄さん達のこめかみが怒りでプルプルと震えている。

「てめぇ！　可愛いからって調子に乗りやがって！　ふざけんな！」

「ちょっと世間ってやつをおしえてやらねぇとダメみたいだな。おら、こっちに来い！」

「――きゃっ！」

逆上した男に手を掴まれる姫宮さん。こっぴどく振られたとはいえ実力行使に入るまでが早いな。さすがの姫宮さんも驚いて可愛い悲鳴を上げる。

「はいはい、そこまでですよお客様。店の中で暴れないでください」

すっと姫宮さんの前に身体を割り込ませながら俺はできるだけ軽い口調で言った。その際に姫宮さんの白魚のような細い手を掴んでいる不埒野郎の手を下から払いあげて拘束を解く。

「て、店員は引っ込んでろ！　これは俺達とその女の問題だ！　お前には関係ねぇ！」

「そうだ！　痛い目見たくなかったら今すぐ消えて仕事に戻れ！」

「……そうは言ってもですね、お客様。当店では迷惑行為は禁止なんですよ。特にナンパとかナンパとかナンパとか」

もちろんその他にもいくつかあるがここでは割愛する。そもそも滅多に発生しないからな。

「ここは出会いの場ではなく静かな一時を楽しむ場です。それができないと言うのならどうぞお引き取りを。って言ってもお猿さんには通じませんか」

できる限り笑顔を崩さず、俺はわざとらしく肩をすくめながら出口を指して最後通告を二人にした。

「さっさと店から出ていけ、お客様」

「てめぇ……揃いも揃って猿呼ばわりしやがって……！　俺達が大学でモンキーズって馬鹿にされているのを知っているのか⁉」

「お前らも俺達を猿だって馬鹿にするのか⁉　ふざけんなぁ！」

どうやら俺と姫宮さんは彼らの心の傷に触れてしまったようだ。目から血の涙が流れているように見えるのは気のせいか？　なんてアホなことを考えているとチャラ男の一人が俺に向かって拳を振り上げていた。

「可愛い女の子の前だからって調子に乗ってんじゃねぇぞ！」

後ろには姫宮さんがいるから避けるわけにはいかない。かといって百歩譲って美少女ならまだしも、男からパンチをもらってご褒美ですと喜ぶような趣味は俺にはない。となると手段は一つ。

伸びてくる右ストレートを鬱陶しい羽虫を払うように左手を下から払って軌道を逸らし、一歩踏み込みながら俺は右の拳をチャラ男さんに放つ。もちろん鼻先で寸止めをするが、彼は驚いてたたらを踏んで尻もちをついた。

店内に静寂が降りる。

思わぬ反撃に言葉を失うお客様と、俺が殴られると思っていた姫宮さんは予想外の展開に口に手を当てて驚いている。ただ一人店長だけはニヤニヤと人の悪い笑みを浮かべている。

「怒りに任せて暴力なんてお猿さん以下の単細胞だな。とっととお帰りくださいお客様。次は容赦しないぞ?」

「「わ、わかりましたぁ！　すいませんでしたぁ！」」

脱兎のごとくチャラ男さん達は大慌てで店から出て行った。

俺は一つため息を吐いてから肩をすくめる。やれやれ、これで店長の溜飲が下がるし店も静かになるな。

それにしても今は亡き父さんに〝男なら大切な人を守れるように強くならないとな！〟と言われて、空手を習っていたことがこんな形で役に立つとは。昔取った杵柄とはまさにこのことだな。

「お、奥川君！」

背中に当たるのは服越しでわかるほどたわわに実った柔らかい果実の感触。そして脳を溶かすほどの甘い香り。

その犯人が姫宮さんで、彼女が後ろから飛びついて来たのだと理解するまで数秒の時間を要した。

一体何が起きているのか誰か説明してほしい。どうして俺は背中から姫宮さんに抱きしめられているんだ？　どうして彼女の身体は小刻みに震えているんだ？

「ごめんなさい。私のせいで……怪我はしていない？」

か細い声で姫宮さんが尋ねてくるが、俺は内心それどころではない。学校一のイケメンかつ美少女である姫宮さんにハグをされて絶賛大パニックだ。

「ねぇ、奥川君。大丈夫？　私の声、ちゃんと聞こえてる？」

そんな俺の状態など知ったことかと姫宮さんが耳元で尋ねて来る。

正直言うと大丈夫じゃないから早く離れてほしい。そうすればちゃんと目を見て話すから！

「はいはい、二人とも。イチャイチャするのはその辺にしておきなさい」

店長がパンパンと手を叩きながら声をかけたことで姫宮さんは我に返り、顔を真っ赤にしながら飛び退くように慌てて俺から離れた。

「奏ちゃん、大丈夫？　一瞬腕を摑まれたみたいだけど痛くない？」

「はい、大丈夫です。奥川君がすぐに助けてくれたので何ともありません」

「それは良かった、と言いたいところだけど。奏ちゃん、いくらナンパに腹が立ったと言っても、いきなり水をひっかけるのはさすがにやりすぎ。唯斗君がいなかったらどうなっていたことか……反省しなさい」

「……はい」

姫宮さんは力なく頷いてからシュンと肩を落とした。

これぱっかりは店長の言う通りだな。ぜひともしっかり反省してもらいたい。というかそもそもどうしてあんな強硬策をとったのか教えてほしいな。

「だって……楽しみにしていたパンケーキを食べるのを邪魔してきたからついカッとなって……てへっ」

「……なるほど」

　カッコイイ女の子がテヘペロッとはにかむのは反則級の可愛さだ。頬が熱くなるのを自覚しながら俺は直視できずに思わず顔を逸らした。

「まったく……それだけ元気があれば大丈夫そうね。よし！　それじゃ怖い思いをした奏ちゃんには特別サービスに新しくまたパンケーキを作ってあげる！　トッピングもサービスしてあげるわね」

「本当ですか⁉　ありがとうございます、店長！」

　やったぁと無邪気にはしゃぐ姫宮さん。うん、この短時間で俺の中の姫宮奏像がどんどん塗り替えられていく。これでは王子様というよりお姫様だな。

「あぁ、それと唯斗君、キミの今日の仕事は終わりだ。もう上がっていいよ」

「え？　どうしてですか？　別に俺は怪我もしていなければ体調も悪くないですよ？」

　姫宮さんのおかげで未だ心臓が破裂しそうなくらいドキドキしているが、それを除けば俺はすこぶる健康だ。早上がりどころか残業だって今日は厭わない。

　そんな俺の態度に何故か店長はやれやれと肩をすくめながら俺の肩にガシッと腕を回して耳打ちをしてきた。

「バカか、キミは。さっきの二人組がもしかしたらどこかで待ち伏せしているかもしれないだろう？　そういう状況で奏ちゃんを一人で帰らせるつもり？」

「いや、さすがにあの二人もそこまではしないと思いますが……」

「覚えておくといい。大人は常に最悪の事態を想定して動く。だから唯斗君。キミは早上がりをして奏ちゃんを家まで送ること。わかったね？」

有無を言わせない店長の威圧を感じて俺は思わずコクリと頷いた。要件はそれだけですか？　なら早く離れてください。ただでさえ顔面偏差値の高い美人でおまけにスタイルも良くて同級生にはない大人の色香をこれでもかと醸し出している店長に密着されるのは、姫宮さんにそうされるのとはまた違った意味で心臓に悪い。

「フフッ。わかればよろしい。それじゃ唯斗君。キミはすぐに帰る準備をしてくるように。奏ちゃんは席に座ってちょっと待ってて。すぐにパンケーキ持ってくるから」

そう言って店長はカウンターの奥へと戻って行った。取り残される形となった俺と姫宮さんの間に気まずい空気が流れる。

「……ねぇ、奥川君。店長に言われた通りキミは今日早上がりするんだよね？」

「うん？　あぁ、残念なことにその通りだよ。まぁこの後姫宮さんを無事家まで送り届ける大事な仕事はあるけどな」

「そ、それなら一緒にパンケーキ食べない？　店長には私から言って奥川君の分も作ってもらうから。もちろん私の奢り。今日のお礼をさせてほしいなぁ……」

心なしか頬を赤らめながら、まるでこちらの反応を窺うような上目遣いで尋ねて来る姫宮さん。しかもその瞳はわずかに潤んでいる。絶世の美少女からこんな風にお願いされて断ることができる男子がこの世に存在するだろうか？　いや、いない。いるはずがない。

「別にお礼なんてもらうようなことをしたつもりはないけど、そんな風に言われたら是非もない。ここは素直にお言葉に甘えさせてもらうよ」

「危ないところを助けてもらったからね。お礼をするのは当然だよ。それじゃ私は席で待っているから早く着替えて来てね。待ってるから！」

「……姫宮さんって意外と強引なところがあるんだな。知らなかったよ」

「奥川君、この機会に覚えておくといいよ。女の子はね、秘密を着飾って美しくなるものなんだよ」

鼻頭に人差し指を当てながら某漫画に登場する女キャラの名台詞をキラッと煌めくウィンクと共に姫宮さんが口にする。

我が愚妹がしたらただのギャグだが、彼女のような美少女がやるとアイドル顔負けの破壊力になる。何が言いたいかというと俺の頬の温度が急上昇したってことだ。

「……わかった。その言葉、肝に銘じておく。それじゃ着替えて来るからちょっと待っていてくれ。俺の分のパンケーキ、先に食べないでくれよな？」

何を隠そう店長の作るパンケーキは俺も大好きなのだ。

「残念だけどそれは約束できないかな？　私に全部食べられるのが嫌だったらすぐに着替えて来てね」

フフッと口元に不敵な笑みを浮かべる姫宮さん。うん、まともに話したのは今日が初めてだけど姫宮さんが何を考えているのかなんとなくわかるようになってきた。これはさっさと着替えて戻ってこないと全部食べられるな。細い身体のどこに吸収されるのかは不明だが。

「フフッ。女の子は甘い物をいくら食べても太らないようにできているんだよ。特に私の場合は食べた分の栄養は……これ以上は禁則事項だから言えないかな」

そう言って姫宮さんは身体を半身に反らしながらわざとらしく胸元を両手で隠した。うん、つまりは食べたら食べた分だけ胸にいくわけだな。

「なるほど、だいたいわかった……ただ食べても太らない発言はこの世の多くの女性を敵に回すことになるからあまり口にしない方がいいと思うぞ」

特に我が可愛い妹が聞いたら血の涙を流すこと間違いなしだ。

＊＊＊＊

「それじゃ唯斗君。奏ちゃんのことは頼んだよ」

無事姫宮さんからのお礼のパンケーキを食べることはできたのはよかったが、その代わり終始店長がニヤニヤと気色の悪い笑みを浮かべて様子を窺ってくるものだから折角のスペシャルなベリーな味がわからなかった。

まぁそれ以上に目の前で俺のパンケーキを物欲しそうに見ている姫宮さんの視線の方が辛かったが。

「言われなくてもわかっていますよ。それより店の方は大丈夫ですか？　店長一人で回せるんですか？」

「そのことなら心配ないよ。ちょうど暇をしている高校時代の後輩にヘルプを頼んだから。それに唯斗君がバイトに来るまでは元々私一人で切り盛りしていたんだ。キミがいなくても何とでもなるさ」

ドヤ顔で胸を張る店長。まぁこうして店先で悠長に話すことができるくらいには店内は暇だから問題はないか。ただいつも忙しくなるのはこれからやってくるおやつ時からだ。ヘルプに来てくれる人がどこまでやれるか。

「私のことは気にしない！　唯斗君が考えるのは奏ちゃんを無事に家に送り届けること。いいね？　彼女に何かあったら私が許さないからね！」

「……わかりましたよ。というか店長はどうしてそこまで姫宮さんに肩入れするんですか？　過保護キャラにジョブチェンジですか？」

「茶化さないの。彼女は昔の私を見ているみたいだからつい応援したくなっちゃうの。ただそれだけ」

高校時代。みんなから王子様と呼ばれていた店長だからこそ姫宮さんのことが心配なのだろうか。

そう言えば姫宮さん、文庫本を読みながら〝私の前にも現れないかな……王子様〟と呟いていたよな。

ちなみにこの場に姫宮さんはいない。お会計を済ませて——支払ったのは最初に姫宮さんが注文した分だけでそれ以外は店長がサービスしてくれた——からお手洗いに行っている。そうじゃなきゃこんな話はできない。

「お待たせ、奥川君」

カランコロンと乾いた鈴の音とともに姫宮さんが店から出てきた。あれ、さっき見た時より可愛さというか綺麗さが増しているような？

「フフッ。それじゃ二人とも、気を付けて帰るんだよ。奏ちゃん、もし何かあったら遠慮しないで唯斗君に守ってもらうように。わかったね？」

「もう、店長さんってば過保護すぎますよ。でも……そうですね。いざという時は全力で奥川君に甘えようと思います！」

「ちょっと待て。甘えるのはおかしくないか？」

そこは普通〝守ってもらう〟というところじゃないのか？　姫宮さんに甘えられたら鋼(はがね)の理性を持つ俺であっても耐えられるかどうか。すでに一度あの魅惑の果実の感触を味わってしまっているのでなおさらだ。

「唯斗君……いくら奏ちゃんが可愛いからって送り狼にはならないようにね？　間違っても襲ったりしないように！」

「そんなことしませんよ！　俺を何だと思っているんですか⁉」

先ほどの大学生じゃあるまいし。同級生を路地裏に連れ込んだり家に転がり込んで襲ったりはしない。

「むっ、そうはっきりと断言されたらそれはそれで悲しいな。奥川君、もしかして私って魅力ない？」

不満そうに唇を尖らせた姫宮さんからの口撃に俺は面食らった。どう答えろって言うんだよ。ここで魅力があると言えばきっと店長から蔑んだ視線を浴びることになるし、かといってないと答えれば姫宮さんが拗ねるかもしれない。四面楚歌とはまさにこのことだ。

「フフッ、奥川君って表情がころころ変わるんだね。からかいがいがあって楽しいよ」

「奏ちゃんもそう思うかい？　一見するとクールで鉄仮面だけどその実唯斗君はキミと同じで百面相なんだ。道中たくさん話すといい。きっと面白いよ」

女性二人が邪悪な笑みを浮かべながら話しているのを内心で頭を抱えながら俺は聞いていた。

まさか二人の馬がここまであうとは思ってもみなかった。類は友を呼ぶというやつだな。被害を受ける側としたら勘弁してくれの一言に尽きるが。

「それじゃ奥川君。そろそろ帰ろうか。私のこと、ちゃんと守ってね？」

「言われなくてもしっかりきっちり守りますよ、お姫様」

肩をすくめながら俺は投げやりな口調で言った。もう俺の中での姫宮さん像は完全にカッコイイ系の王子様系美少女から、人をからかうのが大好きな小悪魔系お姫様に変わっている。

「私がお、お姫様⁉　いきなり何を言いだすのかな⁉　まったく、奥川君は天性の女たらしだね。気軽に女の子をお姫様扱いしたら誤解を招くよ？」

早口で捲し立てられた。おかしい。どうして姫宮さんは顔を真っ赤にして拗ねているんだ？

「俺が女たらし？　生まれてこの方恋人が一人もできたことがない俺が？　笑えない冗談はよしてくれ」

「え？　奥川君、彼女できたことないの？　つまり今はフリーってこと？」

「そうだよ。俺は姫宮さんと違って年齢イコール恋人いない歴だよ。悲しくなるから言わせるな、チクショウ」

「それは誤解だよ。私も奥川君と同じで年齢イコール恋人いない歴だから」

何でもない風に言うがこれは衝撃の事実だ。才色兼備の姫宮さんが俺と同類なんて信じられない。

「はいはい。話が尽きないのは実にいいことだけど、ここから先はお店の前じゃなくて帰り道でするように。年齢イコール独り身の私の前でイチャイチャするのは禁止です」

パンパンと手を叩いて店長が帰宅を急かしてきた。あなたが独り身なのは学生時代の初恋を二十年以上も引きずっているからでしょうに、なんてことを口にしたら多分俺の明日はないので心の中にしまっておこう。

「確かにこれ以上ここで話していたら営業妨害になっちゃうね。奥川君、私達はそろそろお暇しようか」

「そうだな――ってどうして手を摑む⁉　そして危ないから引っ張るな！」

「二人とも、気を付けて帰るんだよ！」

新しいおもちゃを見つけて楽しんでいるかのような店長に見送られ、俺と姫宮さんは喫茶店『マーブル』を後にした。

姫宮さんの自宅は店から歩いて三十分ほどかかるとのこと。歩くにしては少し距離があって大変じゃないかと尋ねたら、

「美味しいパンケーキを食べるんだよ？　ならその前にお腹を空かせるためにも歩いた方がいいじゃないか」

何を当たり前のことを聞くのかと言った顔をされた。

「私のことはさておいて。奥川君はいつからあのお店でアルバイトをしているの？

店長さんからの信頼も厚いみたいだし、もしかして長いの？」

「働き出したのは去年の夏休みからだよ。最初はそれだけのつもりだったんだけど、店長はいい人だし店の雰囲気もいいしで気が付いたらずっと、って感じかな」

断っておくが別に若くて独身の美人な店長が一人で切り盛りしている喫茶店だから働いているわけじゃないからな？　そもそも店長は俺を雇うことに最初は反対していたくらいだからな。そこを高校時代の友人の頼みということと俺の想いを伝えたら渋々了承してくれたのだ。

「ふぅん……私はてっきり奥川君の女性の好みが店長さんみたいな人だから続けているって思ったけど、そういうわけじゃないんだね」

「姫宮さんは俺のことを何だと思っているのかな？　もしかしてまだ女たらしネタを引っ張っているんじゃないよな？」

「さて、それはどうでしょう？　でも実際、あれだけ美人な店長さんが結婚どころか恋人がいないなんて信じられない話よね」

その件については大いに同感したいところではあるが、こればかりは店長が高校生の頃に初恋した男性を未だに思っているから仕方のないことだと思う。

「奥川君にはそういう人はいないの？　恋人がいなくても初恋くらいは経験してい

るでしょう?」

「あいにくと、俺の初恋はもう顔も名前も覚えていない幼稚園の先生で、もう恋なんて何年もしてないな。そういう姫宮さんはどうなのさ?」

「そ、そうね。そもそも私の場合は初恋すらまだだったから何とも言えないけれど、少なくとも苦しいものだっていうのはわかったわ。だからこそ何としてでも実らせないといけないということもね」

グッと拳を作り、真剣な面持ちで姫宮さんは言う。その表情からはこれから死地へと向かう戦士の気迫のようなものが感じられた。

「ところで話は変わるんだけど。奥川君はこの後なにか予定はある?」

「脈絡なくて驚きだけど……別に、特に用事はないよ。そもそもまだバイトしている時間だからな。それがどうかした?」

「それなら少し私の家に寄って行かない? そうだ! 助けてもらったお礼の続きに夕飯をご馳走してあげる!」

「………はい?」

我ながら間の向けた反応をしたものだと思うがこれは不可抗力というものだ。店長からあれほど〝送り狼になるな〟と念を押されたのに、姫宮さん自ら家に寄って行かないかと提案してきたのだ。しかも夕飯をご馳走するというおまけ付きだとくれば間抜けな表情にもなるというものだ。

「お、お礼ならさっきパンケーキを奢ってもらったじゃないか。それで十分だよ」

「そのパンケーキは店長さんがサービスしてくれたものでしょ？　だから実質私から奥川君へのお礼はまだしていないことになっていると思わない？」

「いや、別に思わないけど……」

「にもかかわらずこうして家まで送ってもらっているんだから、さらにお礼をしないといけないよね？　だから奥川君、このあと家に寄って行って？　お願い」

ギュッと俺の腕に抱き着きながら有無を言わせぬ圧力を放つ姫宮さんの勢いに押されて、俺は思わずこくりと頷いてしまった。

断じて姫宮さんともう少し一緒にいられたらいいな、なんて考えたわけではない。

「素直でよろしい。それじゃ奥川君の好きな食べ物を教えてくれるかな？」

「よし、いい加減脈絡なく話題を明後日の方向にぶん投げるのは止めようか？　どうして俺の好物を聞くんだ？　ちなみにハンバーグが一番好きです」

「文句を言いつつそれでもちゃんと答えるなんて……もしかして奥川君はツンデレさん？　フフッ、素直なだけじゃないのも可愛いね。まるで猫みたい」

　姫宮さんは口元を押さえて優雅に微笑む。その姿は絵画に描かれている貴婦人のように綺麗で様になっている。彼女といると心臓がいくつあっても足りないな。

「ちなみにどうして奥川君の好きな食べ物を尋ねたっていうとね、それはこれからスーパーに立ち寄って夕飯の買い物をするからです」

「その心は？」

「丹精込めた私の手料理、振舞ってあ・げ・る」

　ドヤ顔とともに胸を張りながら姫宮さんは言った。その瞬間彼女のたわわな果実がぷるんと揺れたのを見てしまい、俺は思わず顔を逸らした。

# 第2話：姫宮さん家の晩御飯

手料理を振舞うと言うのは冗談だと思っていたが姫宮さんは本気だったようで、あれよあれよという間にスーパーでハンバーグなどの具材を買い、気が付いたら俺は姫宮さん宅のリビングのソファーに座っていた。

肝心の姫宮さんのご自宅について説明しておこう。

ズバリ一言で言うと格が違う。我が家もそれなりに広いマンションだが、彼女の家と比べたら月とスッポン。超高層マンションで間取りは驚きの5ＬＤＫ。インテリア一つをとっても質が高いのがわかる。生粋の庶民である俺には敷居が高すぎて思わず回れ右をして帰りたくなった。

「――そういうわけだから、今日は友達と晩飯食べることになったから母さんに伝えておいてくれるか？」

姫宮さんが鼻歌交じりで調理をしている間、俺は自宅にいる妹に夕飯がいらなくなったことを電話で伝えていた。もちろんその相手が女性――姫宮さん――であることや自宅にお呼ばれされていることは秘密にしてだが。

ちなみに夕飯づくりの手伝いをすると姫宮さんに申し出たら〝それだといつまで経ってもお礼が終わらないいじゃない〟からと丁重に断られました。

『わかった。お母さんには伝えておくね。でもあんまり遅くならないでね？　シエルちゃんの生放送まで帰ってこなかったら承知しないから！』

我が可愛い妹が愛してやまないバーチャルアイドル、雪上シエルの生放送が今日もあるのか。しかもまた一緒に観るのか？

「まったく……俺がいなくても一人で観たらいいじゃないか。リビングのテレビ、ネット繋がっているんだし大画面で見た方が絶対に楽しいぞ？」

『違うもん！　ユイ兄と観るから楽しいんだもん！　一人で観ても盛り上がらないの！　だから早く帰って来てね！』

そう力強く言って妹は電話を切った。やれやれ、姫宮さんには申し訳ないけどこれは早々に帰還しないと面倒なことになるな。

「随分妹さんと仲がいいんだね、奥川君」

どこか拗ねた様子で唇を尖らせる姫宮さん。夕飯の準備はもう済んだのだろうか。だとしたら随分と手際が良い。なんてことを考えていたらさも当然のように俺の隣に腰かけてきた。

豊潤な二つの果実が腕に触れそうなくらいの密着度。ほんのりと香る柑橘の爽やかな匂いが鼻をくすぐる。

「そ、そうか？　別に人並だと思うぞ」

俺は動揺を必死に隠しながら答えた。仲が良いか悪いかで言えば前者なのは間違いない。なにせ一緒にVチューバーの生放送を観るくらいだからな。だけど初めからそうだったわけではない。なにせ俺と妹は血のつながりがない義兄妹なのだ。

「本当かな？　まるで愛する夫の帰りを健気に待っている新妻みたいな口ぶりだったけど？　そうするとさしずめ私は浮気相手ってところかな？　そう考えると奥川君って酷い人だよね。ちょっぴり幻滅したかも」

「今日一日で俺の中の姫宮さんの株価は急暴落して絶賛ストップ安だよ……」

蠱惑的な笑みとともにとんでもないことをサラッと口にする姫宮さんに呆れた俺は盛大にため息を吐く。

「あら、それなら今までの私は奥川君の中ではどういう評価だったのかな？　私、気になります！」

　どこぞの古典部のヒロインの名台詞を言うのは構わないけど、獲物を見つけた肉食獣じゃあるまいし、ペロリと舌なめずりをするのはやめてくれ。ドキッとするから。

「評価も何も……学校で見かける姫宮さんは可愛くて、綺麗で、カッコイイ人だなぁって思ってた。まさかそれが猫を被っていた仮の姿だったとは……」

「それじゃ被っていた猫を脱いだ私の本性を知って……奥川君は幻滅した？」

　一転して不安そうな表情で尋ねて来る姫宮さん。本当にコロコロと表情が変わるなぁ。クラスが違うので学校では接する機会はほとんどないが、それでも見かける時はたいてい凜と澄ました表情をしているか柔和な笑みを零しているか。今のように自信がなさそうにしているところなんて見たことない。

「まさか、その逆だよ。今まで知らなかった姫宮さんの一面を知ることができて、控えめに言ってすごくテンション上がってる」

「そ、そう。それならよかった。それじゃもっと奥川君をドキドキさせるよう頑張らないとね！」

　これ以上頑張らないでください、お願いします。ただでさえ学校一、それどころか全国一の美少女女子高生と言っても過言ではない姫宮さんの家にいるのだ。
しかも両親不在という最上級のおまけ付き。そこにもう一手加えられたら俺の理性はもたない。

「ホント、これ以上は勘弁してくれ。そもそもご両親が帰って来たらなんて言い訳するつもりなんだ？　同級生とはいえ、付き合ってもない男を家に招いたことが知られたら怒られるんじゃないか？」

「あぁ、その件については問題ないよ。お母さんは仕事で帰ってくるのは遅いから。奥川君がお泊りしたいって言うなら別だけどね」

お母さんは、という言葉に引っ掛かりを覚えたがそこは無視をする。

「お泊りなんてするわけないだろう⁉　笑えない冗談はやめてくれ」

「意外と私は本気だったりするんだけどなぁ……まぁそれはさておいて、奥川君には悲報かもしれないけれど、もうそろそろしたら二人きりじゃなくなるから」

「それは確かにちょっと残念……っていうのは冗談だ。誰か帰って来るなら悠長にご飯なんて食べている場合じゃないと思うんだが？」

「だから問題ないよ。だって帰ってくるのは私の可愛い弟だから。それに今日は友達の家に遊びに行っているからまだ帰ってくるまで時間はあるし、それまではゆっくりできるから」

そう言いながら姫宮さんはずいっと顔を寄せて来る。長い睫毛に整った鼻梁、ぷっくらと柔らかそうな桜色の唇が眼前に迫り、俺は思わず後退る。

「い、いきなりどうしたの姫宮さん？　というか距離感バグってない？」

「そうかな？　これくらいが私の通常の距離感だよ？」

そう言う姫宮さんの顔は真っ赤で瞳はウルウルしている。そんな甘えたがりのチワワみたいな状態で言われても説得力がないどころか破壊力が増すんだが!?　言葉と顔を一致させてくれ。

「こんなこと、誰かに言うのは初めてなんだけど……実は私ね、ずっと前からお姫様に憧れていたんだ」

「……はい？」

そう言えば喫茶店で小説を読みながらそんなことを呟いていたが、あれは本を読んで思わず口から出た感想じゃなかったのか!?

「何故かわからないけど、私って友達から〝男よりも男らしいイケメン〟って呼ばれるんだよね。それも今に始まったことじゃなくて中学生の頃から。酷いと思わない？」

酷いも何も事実では？　高校生離れした大人びた綺麗な顔立ちに加えて普段の立ち振る舞いから落ち着きがあり、所作の一つ一つが凛としているからな、姫宮さんは。

「どうして私が白馬に乗らないといけないの⁉　私だって白馬に乗った王子様に迎えに来てもらいたいのに！」

「えっと……姫宮さん？」

今にも地団太を踏みそうな勢いで頬をぷくぅと膨らませて怒る姫宮さん。うん、そういう一面をもっとみんなに見せたらあっという間にお姫様になれると思う。まぁそんなことをした暁には全校生徒がギャップ萌えで卒倒するかもしれないが。

「でも、そんな私の前にもついに白馬の王子様が現れたの。それが誰か……もちろん奥川君にはわかるわよね？」

姫宮さんの白魚のような指が俺の頬に触れる。そして指はゆっくりとつぅとなぞるように頬から口元、首へと下りていき、やがて早鐘を打つ心臓へと到達した。

俺達の間にあった距離は最早ほとんどなく、それどころか姫宮さんが俺に馬乗りに近い体勢になっている。

「えっと……それってもしかして……店長？」

「そう、店長って女性とは思えないくらいカッコよくてまさに理想の王子様！　ってそんなはずないじゃない！　もう、茶化さないの！」

照れ隠しで口にした苦し紛れの俺のボケにノリツッコミをする姫宮さん。ゴホンと一つ咳払いをしてから真剣な面持ちになってから、

「喫茶店で助けてくれたあの時の奥川君は私にとって間違いなく王子様だった。うん、それだけじゃない。家に帰ってくる時もキミはずっと私のことを守ってくれた……」

俺の胸に手を当てながら言葉を紡ぐ姫宮さんに俺の心臓がドクと跳ねる。緊張で口の中が異様に乾いているのを自覚しながら俺は懸命に言葉を探す。

「べ、別にあれは店長に言われたから仕方なく助けに入っただけだよ。それに姫宮さんじゃなくても同じことをしたはずだから、姫宮さんが特別なわけじゃ……」

「むぅ……むしろその発言は私の中で奥川君の好感度を上げるだけになるんだけど、その自覚はある？」

「いや、どうしてそうなる⁉」

「その思考は王子様というよりヒーローの思考だね。うん、これは大変だ。放っておいたら奥川君の隠れた魅力に気付く女の子が出てきちゃうかも……そうなる前に

マーキングをしておいた方がいいかな？」

そう言いながら姫宮さんがさらに顔を近づけて来る。俺がほんの少し動けば桜色の唇に触れてしまいそうな距離。何をしているのかと口を開く前に、姫宮さんは唇をすぼめながら瞼を閉じて——

「いい加減にするんだ、姫宮さん。これ以上はさすがにダメだ」

姫宮さんの肩を摑んでぐっと離しながら俺は理性を総動員し、心を鬼にして目を見ながら言った。

姫宮さんとキスができるチャンスなんてもう二度とないかもしれないが、それでもここは拒絶をしなければいけないと思ったのは、彼女の想いが偽物だからだ。

「今の姫宮さんは状況に酔っているだけだ。怖い思いをしたところを助けてもらった吊り橋効果でおかしくなっているんだよ」

「私は別に酔ってなんか……！」

「……それならどうして、姫宮さんの身体は震えているの？」

俺が肩を摑む前から姫宮さんの身体は小刻みに震えていた。キスに緊張していたわけでない。これは倒錯した想いに不安と恐怖がごちゃ混ぜになった、言葉にできない感情に身体が反応した結果に過ぎない。

「姫宮さんが王子様に憧れる気持ちはわかる。俺だって素敵なお姫様が現れないかなぁって考えることはある。それが姫宮さんだったらどれだけいいかってね。でもだからと言って流れに身を任せていいものじゃない」

「奥川君……」

「このままキスをしたらきっと俺達は後で後悔する。そういうことはもっとお互いを知ってするものだろう？　俺達は同じ高校に通う同級生だけど、ちゃんと話したのはこれが初めて。初対面もいいところだ。そんな相手とキスなんて思いを伝え合う尊い行為をするもんじゃない」

姫宮さんの一時の気の迷いに乗じてキスができるほど俺は器用な人間ではないし軽薄な男になりたくない。こういうことをするなら憧れという感情を超えて、お互い本気で好きになった時だ。

「だから姫宮さん、今のことは忘れて一度落ち着こう？　あれだ、ご飯でも食べながら話をしよう。そうすればきっと――」

「……わかった」

数秒の沈黙の末、姫宮さんはか細い声で言うと静かにソファーから立ち上がった。

「生まれて初めてナンパされて、強引に腕を掴まれて怖い思いをしたところを助けてもらって、我ながらテンションがおかしくなっていたかもしれない。これが俗にいうところの吊り橋効果ってやつかな？」

「……自覚してくれたなら何よりだ」

「でもだからと言ってこのまま奥川君を帰すつもりはないよ？　だってせっかく奥川君の好きなハンバーグを作ったんだもん。まさか食べずに帰るなんて酷いことは言わないよね？」

「それは……喜んで頂きます」

　妹に夕飯はいらないと言ってしまった以上背に腹は代えられないし、下ごしらえをしている時から、美味しくなりそうな雰囲気が台所から漂ってきたせいで、腹の虫がいつ大合唱を始めるかわからない。

「それじゃ少し早いけど夕飯にしようか。ハンバーグ、焼いてくるからそこでもう少しだけ待っててね」

「ありがとう、姫宮さん」

　どこか軽やかな足取りで台所に向かう姫宮さんの背中を見送りつつ、俺はソファーに深く腰掛ける。客人としてあるまじき態度だと思うが、このやり取りで尋常でないほど精神的に疲労したので許してほしい。

こんなこと、突然母さんから妹ができたからと告げられた時以来だ。

「美味しくなぁれ♪　美味しくなぁれ♪」

そんな俺の気も知らないで、ジュゥジュゥと香ばしい匂いを立てながら姫宮さんは満面の笑みで可愛いおまじないを唱えながらハンバーグを焼いていた。その姿を横目でチラッと見たことを俺は後悔した。

「……反則だ。可愛すぎるだろう、あれ」

両手で顔を覆って天井を見上げながら思わず呟いてしまうくらい、姫宮さんは文字通りお姫様のように可憐で、ものすごく可愛かった。

＊＊＊＊

「今日はありがとう、姫宮さん。夕飯までご馳走してくれて……」

「ううん。お礼を言うのは私の方だよ、奥川君。今日はありがとう。本当に……色々ありがとう」

姫宮さんの手作りハンバーグは今まで食べたどんなハンバーグよりも美味しかった。

女子高生が作るレベルの味じゃない。今すぐにでも店を出せるレベルだ。そう正直に感想を伝えたら姫宮さんは嬉しそうに笑った。

それがまた筆舌に尽くしがたいくらい可憐だった。

時刻は現在19時半を少し過ぎたところだが俺は帰り支度を済ませて玄関にいた。夕飯を食べて帰宅するには少し早いかもしれないが、まだ高校生の俺達からしたらむしろ遅いくらいだろう。

「それより弟さんは大丈夫？　まだ帰ってきていないみたいだけど……」

「あぁ、それなら心配ないわよ。奥川君がソファーでくつろいでいる間に〝今彼氏を家に連れ込んでいるからお友達の家でご飯を食べて来てね〟ってメッセージを送っておいたから。だから帰ってくるのはもう少し後になるかな」

「夕飯前のやり取りを忘れたの⁉」

「しょうがないじゃない。だってこのメッセージを送ったのは奥川君の熱い思いを聴く前だったんだもん」

唇を尖らせながら〝だもん〟と言うのはズルいぞ、姫宮さん。可愛すぎて許してしまいたくなるじゃないか。

「フフッ、冗談だよ。本当は弟の方からお友達の家でご飯を食べて来るって連絡が来たの。そのままお泊りするって報告と一緒にね」

「……心臓に悪い冗談はやめてくれ」

「……外堀から埋めていく作戦はまだ少し先かな」

「ん？　何か言ったか？」

「いいえ、何も。もう少しゆっくりしていってもいいんじゃないって言っただけだよ」

　姫宮さんがボソッと何か不吉なことを言ったような気がしたが、俺の気のせいだったみたいだ。

　心なしか名残惜しそうな顔をしているように見えるのも気のせいか？

「できることなら俺も食後の余韻に浸りたいところではあるけど、これ以上帰りが遅くなったら妹が怒って大変なことになるんだよ……」

　現に先ほどから数分おきにスマホにメッセージが届いている。しかもその間隔は徐々に短くなりつつあるので正直怖い。将来妹がストーカーにならないか心配だ。

「……そういうことなら仕方ないね。家族は大事だもの。妹さんと楽しくシエンちゃんの生放送を楽しんでね。私は一人で観るけど。一人で観るけど！」

　大事なことだから二度言いましたと言わんばかりに一人というのを強調する姫宮

さん。

「いや、俺は別にそこまでVチューバーが好きってわけじゃないからな？　妹がどうしてもって言うから観ているだけだから？」

「それなら私とも一緒に観てくれてもいいんじゃない？　いえ、観るべきだよ。というわけで、はい」

姫宮さんは頬を真っ赤に染めながら右手の小指を突き出してきた。これはあれか？　一緒に観ましょうねっていう指切りをするってことか？　ハハハ、そんなバカな。

「奥川君、残念だけど私は至って本気だからね？　だからさっさと小指を出して！　いつか私の部屋で一緒にシエンちゃんの生配信を観るって約束して！」

駄々っ子のように地団駄を踏む姫宮さんは控えめに言って可愛いのでつい眺めていたくなるのだが、ぼぉっとしていたら本気で怒りそうなので俺は渋々小指を差し出した。

「指切りげんまんっ♪　嘘ついたら針千本のーます♪　指切ったぁっ♪　えへへ。約束、忘れないでね？」

とんでもない約束をしたような気がするが、満開の桜のような可憐な笑みを浮かべる姫宮さんを見ていたらどうでもよくなる。

「それじゃ奥川君。私が言うのもなんだけど帰りは気を付けてね。今度会うのは新学期かな？」

「もうすぐ春休みも終わりだからそうなるな」

「私としては明日にでも奥川君とシエンちゃんの生放送を一緒に観たいところだけど……それはぐっと我慢するね」

「ぜひとも全力で我慢してくれ」

「フフッ、善処するよ。あ、帰る前に大事なことを忘れてた！　奥川君、連絡先交換しない？　ほら、シエンちゃんの生放送の感想を話すために必要だと思うんだよね！　いいでしょう？」

　小首をコテッと傾げながら両手を合わせて姫宮さんにお願いされた。連絡先の交換なら断る理由はない。その目的と言うのが色気もくそもないのが残念ではあるが。

「ありがとう、奥川君。これでいつでも特に用事がなくても電話ができるよ」

「お願いだから意味もなく電話をかけてこないでくれ……」

　だがそんな俺の切なる願いは喜色満面なご様子のお姫様には届いた様子はない。うん、深く考えるのはやめよう。

「それじゃ姫宮さん。また学校で」

「えぇ、今度は学校で。同じクラスになることを祈っているわ、唯斗。なんてね♪」

天乃立高校の王子様改めお姫様は最後までドキッとさせる天才だった。

＊＊＊＊

もうすぐ四月になるとはいえ夜にもなるとさすがに肌寒い。帰ったら温かい湯船に浸かることにしよう。

それにしても今日の出来事はこれまでの十六年という短い人生の中で五本の指に入るくらい色濃い物だった。

おかげで疲労困憊(こんぱい)だ。正直なところ今すぐにでもベッドで横になって夢の世界へ旅立ちたいのだが、それはきっと許されない。

「ただいまぁ……」

「お帰り、ユイ兄！　なかなか帰ってこないから心配したよっ！」

帰宅するや否やリビングから妹が元気よく迎えにやって来た。不機嫌そうに頬を膨らませているが、実は嬉しいのだとぴょこぴょこと揺れるポニーテールが教えてくれる。まるで子犬の尻尾だな。

彼女の名前は奥川祭（まつり）。年齢は十五歳。母さんが再婚したことでできた義妹で、兄の俺から見てもとても可愛い女の子だ。

ただ姫宮さんと違って艶（つや）とか色香などとはまだ無縁だが――特に胸部装甲的な意味で――明朗快活で常に元気で明るいので一緒にいるとすごく楽しく元気を貰える。その分疲労も溜まるのだが。

祭は来月から俺と同じ天乃立高校に入学することになっているので俺の後輩になる。

なにも同じ高校を選ばなくてもよかったのではないかと今でも思っている。家でも学校でも常に一緒って疲れないか？

「約束通り生放送前には帰って来たからいいだろう？　というかそろそろこの生活から解放してくれないか？」

「いいじゃん！　どうせユイ兄、部屋にいても一人でよ○つべで動画観るかア○プラでアニメ観るか、もしくは勉強しかしないじゃん！　それなら可愛い妹と一緒にシエルちゃんの生配信を観た方が絶対に楽しいよ！」

俺の肩を摑んでガクガク揺らしてくる祭。というかよ○つべとかア○プラって正式名称を雑に略すんじゃない。あと自分で自分のことを可愛いって言うな。自意識過剰と思われて嫌われるぞ？

「あっ、その辺はユイ兄と違って学校ではうまくやっているから大丈夫！　って今はそんな話どうでもいいの！　一緒に観るの⁉　観ないの⁉　もし観ないって言うなら……」

「観ないって言ったらどうなるんだよ？」

「ユイ兄が本棚に隠しているとーーっても大事な秘蔵コレクションの存在をママにバラす」

「……ねぇ、祭ちゃん。今なんて言った？　俺の何をナニするって？」

「聞こえなかったの？　ならもう一度言ってあげるね。ユイ兄が去年の年末に行ったコ○ケで大量に購入してきたエッチな戦利品をママに献上するって言ったんだよ」

キラッ、と星が飛び出てきそうな可憐なウィンクをする祭。俺の目の前は手元のポ○モンをすべて失って勝負に負けたトレーナーの如く真っ白になった。

「ど、どうして俺がコ○ケでそういう本を買ったことを知っている？　ましてやその隠し場所に何故気が付いた？　まさか俺の部屋に監視カメラでも設置しているのか⁉」

「フッフッフッ。よくぞ気付いた！　実はユイ兄の部屋にはいくつもの監視カメラを設置しておいたのさ！　なんていうのは冗談で。たまたま漫画を借りようって思って本を抜いたら見つけちゃっただけだよ」

俺がそうであるように祭も漫画やラノベが好きなので、お互いに小遣いを出し合って本を共有していた。

最近はアルバイトをして安定した収入を得ている俺が祭の読みたい作品も含めてまとめて買っていたのだが、まさかそれが仇になるとは。

「そんなユイ兄に私は文句を言いたい！　こんな可愛い義妹がいるのにどうしてソッチ系の作品は一つもなくて頼れるお姉さん系の作品ばかりだったのか！」

むくれ面になって地団駄を踏む祭。そもそも人の物を許可なく勝手に読むのはマナー違反だ。

そして何が悲しくて妹に自分の趣味嗜好について弁明しないといけないのか。勘弁してほしい。

「まぁユイ兄だって甘えたくなる時もあるよね。私みたいなちんちくりんな義妹じゃなくてグラマラスで美人なお姉さんにヨシヨシされたいよね。ユイ兄の裏切り者！」

「……いい加減落ち着け、祭。というか放送は観なくていいのか？　シエルちゃんの配信、そろそろ始まる時間じゃないか？」

時刻は20時半を過ぎたところ。祭が愛してやまないVチューバーのシエルちゃんの放送開始時間になっている。このまま俺を弄り倒すのかそれともオープニングトークから観るのか、祭の選択は当然――

「ユイ兄の馬鹿！　どうして教えてくれなかったのさ⁉」

あたふたしながら急いでリビングへと戻るのであった。やれやれ。ようやく家に帰って来たって言うのに心休まる時がないな。

「もう、いつまでボーっとしているのユイ兄！　早くこっちに来て！　今日の配信は最初からクライマックスなんだから一瞬たりとも見逃せないんだからね！」

「はいはい。わかってるよ。でも一息くらい吐かせてくれ。今日は色々あって疲れているんだよ」

「しょうがないなぁ……三分間だけ待ってあげるから急いできてね！」

ジ○リ映画の某大佐の名台詞を口にする祭。ならその後に俺が言う言葉は破滅の呪文になるけど構わないよな？　なんてくだらないことを心の中で呟きながら俺は自室のベッドに横になる。

「ハァ……今日はホント疲れたなぁ」

枕に顔を突っ伏して俺は深いため息を吐く。王子様と学校では呼ばれている美少女の姫宮さんの家に招かれて彼女の手料理をご馳走になったことを知られたら最後。男女問わず嫉妬と殺意に満ちた視線を向けられて俺の居場所はなくなる。

「姫宮さんってカッコイイだけじゃなかったんだな……」

涼しい顔でナンパ野郎を煽った時。料理をしている時。そして自分の好きな物を話している時。どれも違った魅力があり、彼女に惹かれる人達の気持ちが少しわかった気がした。

そしてあのコロコロと百面相のように変わる表情を独占できる人物はきっと日本一の幸せ者だろう。

「まぁ俺には関係ないか――んっ、メッセージ？」

枕元に放り投げていたスマホがぶるっと震える。どうやら誰かからＬＩＮＥの通知が来たらしい。誰だろうと思って開いてみると、相手は先ほど別れたばかりの姫宮さんからだった。

【奥川君、シエルちゃんの放送始まっているけど観てる？】

祭といい姫宮さんといい、本当に好きだよな。

俺は思わず苦笑いを零しながら返事を返す。

【ちょっと疲れて横になってた。これから観る。どんな感じ？】

【どんな感じもないよ！　オープニングからボス戦だから早く観た方がいいよ！　すごく頑張っているから応援しないと!!】

画面の向こうから手に汗握って興奮しながらシエルちゃんを応援している姫宮さんの姿が見えた気がした。そんなことを考えている間にもポンポンと連続して通知が来る。

その内容は〝早く見ろぉ！〟と〝可及的速やかに（ASAP）〟と怒りながら叫んでいるペンギンのスタンプの連打。

このスタンプ可愛いなぁ。俺も買おうかな。

「ユイ兄、いつまで部屋にいるの⁉　早くこっちに来て一緒に観ようよ！」

「はいはい、今行くからもう少し待ってろ！」

まったく。祭はシエルちゃんのことになると人が変わったように活発になるから困りものだ。そしてそれは王子様も同じようで、

【キャァアア!!　そんなところからゾンビ出て来るなんて酷いよぉ!!　シエルちゃんが死んじゃう!!】

誰だ、この人。俺のLINE相手は姫宮奏で間違いないよな？　送られてくる文章のテンション高すぎて別人か誰かと勘違いしそうだ。まぁ仮に電話で話していたとしても同じことを思いそうだが。

【なんでシエルちゃん笑いながらヘッドショットできるの!?　すごすぎじゃない!?　私なら一瞬でゾンビに食べられちゃうよ！】

上手いのは裏でかなり練習したからだよ、なんて言ったらどんな反応をするのか見てみたいところではあるが、これは極秘事項なので実行に移せないのが残念でならない。

【で、出たぁ!!　ラスボス！　ラスボスが出たよぉ!!　え、主人公死んじゃったんだけど!?　死んじゃったんだけど!?】

【よし、少し落ち着こうか】

思わず声に出しながら俺はメッセージを打つ。

もし一緒に彼女の家でこの配信を観ていたらどうなっていただろう、なんてことを妄想しながら俺は祭が待つリビングへと向かう。いい加減こっちの対応もしないとうるさいからな。

「あぁ！　ユイ兄、やっと来たぁ！　今ね！　突然現れたラスボスに主人公が瞬コロされちゃったの！」

祭は俺の姿を見つけるや否や、頬を膨らませながら涙目で肩を掴んでガクガクと揺らしてくる。うん、唐突に発生した理不尽な展開にびっくりして憤る気持ちはわかるけどそれを俺にぶつけないでくれ。

「落ち着け。あれは単なるイベントだ。この後主人公はちゃんと立ち上がるから安心しろ」

「本当に⁉　本当に生き返る⁉」

【大丈夫だよね⁉　主人公は生きているよね⁉】

奇しくも同じことを言う二人。正直言ってメンドクサイ。そうこうしている間にも配信は止まることなく進んでいる。

「えぇい！　大人しく画面に集中しろ！　シエルちゃんの一挙手一投足を見ていればどうなるかはわかる！」

ペシっと祭の頭に優しく手刀を落としてから同じことを姫宮さんにもメッセージで送る。するとすぐにペンギンが〝了解しました〟と敬礼をしているスタンプが送られてくる。

　やっぱり可愛いな、これ。俺も買おう。

「ねぇ、ユイ兄。なにスマホ見ながらニヤニヤしているの？　まさか可愛い妹と話している裏でエッチなイラストとか漫画を見ていたとかじゃないよね？」

「そんなわけあるか。ちょっと知り合いとＬＩＮＥをしていただけだ。あと俺は断じて、決してニヤニヤなんてしていないからな！」

「……まぁ今日のところはそういうことにしておいてあげよう。でもいずれ今日の件はきっちりかっちり聞かせてもらうから覚悟しておくように！」

　ビシッと人差し指を向けながら決め顔で祭は言った。人に指を向けるんじゃありませんと言いたいところではあるのだが、ニヤリと不敵に笑う祭の様子に背筋がぶるっと震えて思わず何のことか尋ねた。すると我が義妹はフッフッフッと魔王のように笑いながらこう言った。

「それはもちろん――今日のバイト終わりにユイ兄が女の子の家でご飯をご馳走になった件についてだよ！」

　そう言われた瞬間、俺はムンクの叫びのような顔で声にならない悲鳴を上げた。

まさか気付かれていたというのか⁉

「むしろどうして気付かれないと思ったのか。だって電話で話した時、明らかに室内だったし、女の人の鼻歌も聞こえたんだから！」

「なん……だ、と？」

「もしかしたら今夜はユイ兄帰って来なくて、そのまま大人の階段を登っちゃうのかなぁって思っていたんだけどなぁ」

ニヤニヤと下品な笑みを浮かべながら祭は話す。言うに事欠いて大人の階段を登るだなんて想像があまりに飛躍している。そもそも俺はそんなイケイケぐいぐいな肉食系男子ではない。どちらかと言えば草食系だ。

「まぁそれは置いておいて。どんな女の子の手料理をご馳走になったのか教えてよ！　名前は？　写真はないの⁉」

鼻息を荒くしてガバっと顔を近づけながら尋ねてくる祭。まるでプライベートに土足で踏み込む遠慮知らずの芸能リポーターみたいだ。

というかシエルちゃんの配信は観なくていいのかよ⁉

「今はシエルちゃんよりユイ兄の青春の方が大事なの！　今まで色んなことを犠牲にしてきた分、ユイ兄に幸せになってほしいんだよ！」

わずかに瞳を潤ませながら真剣な眼差しで祭は言った。犠牲というのは大袈裟だし、俺は今でも十分幸せだ。

「そしてあわよくばユイ兄の恋人をシエルちゃんの沼に引き釣り込んで三人でワイワイはしゃぎたい！」

よし、俺の感動を返してもらおうか。本音は一緒に沼に浸かってくれる女の子が欲しいだけじゃないか。

そして幸いなことに姫宮さんはすでにずっぽり肩まで浸かっている祭側の人間なんだよな。

「もう、黙ってないで名前くらい教えてくれてもいいじゃん！　学校の同級生？　それとも年上の先輩⁉　あっ、もしかしてバイト先に来ていたお客さんとか⁉」

思い付きでほとんど正解な答えを口にするんじゃない。びっくりして顔に出てしまった。そしてそれを見逃してくれるほど我が義妹は甘くはない。

「なるほど……バイト先にたまたまお客さんとしてやってきた学校の同級生でイケメン美少女さんがユイ兄の彼女候補というわけですな？」

「ちょっと待て、祭。どうして相手がイケメン美少女であることを知っている？」

単なる美少女というならまだしも頭にイケメンが付くというのはいくらなんでも不自然すぎる。これではまるで相手が姫宮さんだって知っているみたいじゃないか。

「いやぁ……まさかユイ兄がバイト先のイケメンで美少女なお客さんを助けて、そのお礼にご自宅に行って手料理を振舞われてくるなんてねぇ。ユイ兄も隅に置けないなぁ！」

「ちょっと待て、祭。どうしてお前がそのことを知っているんだ⁉」

「それはもちろん、ユイ兄のバイト先の店長さんに聞いたからだよ！」

店長の馬鹿野郎！　口が軽いにもほどがあるだろう⁉　というかいつの間に祭はいつの間に店長と連絡を取り合うような仲になったんだよ！

「ユイ兄に何かあった時のためにＬＩＮＥを交換していたんだよね。それにあの人、モデルさんみたいにスタイルよくて美人でカッコいいし私の秘かな憧れなんだぁ」

うっとりした表情をしながら祭は言った。まぁ確かに店長は凛とした落ち着いた佇まいにモデルも裸足で逃げ出すほどの美貌とスタイルの持ち主だからな。祭が憧れを抱く気持ちはよくわかる。

「バイトに行く時はすぐに帰って来るって言ったのに突然でしょう？　ならバイト中に何かあったって考えるのが普通じゃない？　そこで店長に聞いたら〝あぁ、それなら同級生の姫宮さんって子と一緒じゃないかな？〟ってね。ナンパ野郎から助けたんだって？」

「全部知っているんじゃないか！　ならどうしてわざわざ聞いてきたんだよ⁉」

店長が愉快な顔でメッセージを打っている顔が容易に想像できる。あの人、見た目によらず愉快犯なところがあるからなぁ。

「そこはほら、直接ユイ兄の口から今日何があったか聞きたかったなぁって思ったんだよ！　兄妹の円滑なコミュニケーションってやつ！」

「わざわざそんな回りくどいことをしなくてもいいだろうに……」

「まぁなんにせよ、彼女いない歴＝年齢のユイ兄にもついに春が来たのは喜ばしいことだね！　きっとお母さんも喜ぶよ！」

呵々大笑しながら祭は言った。春が来たって言うのはいくら何でも気が早すぎるぞ、我が妹よ。そうやって早とちりして勘違いして泣きをみるのは他でもない兄ちゃんなんだぞ？

「さて、ユイ兄をからかうのはこの辺にして私は配信の視聴に戻るね！　ユイ兄はさっきからブーブー鳴ってるスマホを見た方がいいんじゃない？」

そう言って祭は俺のポケットを指さした。祭の言う通り、話している間中うるさいくらいにスマホにメッセージが届いて震えていた。もちろん送り主は一人しかいない。

【ちょっと奥川君！　シエルちゃんの配信ちゃんと観てる⁉　もしかして寝落ちなんてしてないよね⁉　電話してもいい⁉】

姫宮さんから送られてきた最後のメッセージに書かれていた一言に俺は戦慄を覚える。

今この状況で電話がかかって来たら間違いなく祭のおもちゃにされる。いや、それどころか母さんにも話がいって大変なことに――って考えていたら電話がかかってきた。マジかよ。

「ユイ兄、私のことは気にしないでいいからね？　思う存分カノジョさんと電話してきていいよ！　その代わり、どんな話をしたか聞かせてね？」

「……姫宮さんは彼女じゃないし何を話したかは教えるつもりはない」

ピシャリと言い切りながら俺はリビングを出て自室へと戻る。そんな殺生なぁ！という祭の悲痛な叫びが聞こえたが全力で無視をして俺は電話に出た。

「も、もしもし。こんな時間にどうしたの、姫宮さん？」

『どうしたもこうしたもないよ！　未読スルーするからシエルちゃんの放送を観ずに寝落ちしているんじゃないかと思って起こしてあげようと思ったの！』

凜とした声音の中にわずかに拗ねているような雰囲気が混じっているように聞こ

えるのは俺の気のせいだろうか。

「気を遣わせてごめんね、姫宮さん。ちょっと妹に今日のことで色々聞かれて手が離せなかっただけだよ」

『そういうことだったら仕方ないね。ごめんね、奥川君。家族水入らずの時間を邪魔してしまって』

「い、いや……謝るようなことでもないから。それよりどう、シエルちゃんは？　ラスボスには勝てそう？」

俺は父さんから貰ったおさがりのノートパソコンを起動しながら尋ねた。

リビングを出る前にちらっと見た感じだともうすぐラスボスのダンジョンを進んでいたからまだ間に合うはずだ。

『今からラスボスと戦うところ。奥川君はこのゲームやったことあるの？』

「もちろん。全シリーズプレイするくらいにはファンだからね」

と言っても俺がゲームをするようになったのはここ最近の話なんだけどな。それもこれも全部雪上シエルというVチューバーのせいだ。なんてことは口が裂けても言えないが。

『へぇ、奥川君ってゲームするんだ。それじゃもしかしてシエルちゃんが次にやる予定のゲームもやっていたりする？』

「あぁ、確か次にやる予定なのって初心者のみならず歴代のシリーズをクリアしてきた猛者ですら容赦なく死に追いやる鬼畜ゲーで人気の〝エ●デンリ●グ〟だったよね？　ちょうど俺もやっているところだよ」

このゲームのせいで俺の春休みの後半はほとんど潰れた。徹夜明けでバイトに行くこともしばしばあったが、それでもまだ全体の半分もクリアできていないのだから驚きだ。

『え、そうなの⁉　なら私もシエルちゃんの放送にあわせてやってみようかな……』

「姫宮さんがやる分には止めないけど、やるなら覚悟した方がいいよ。このゲーム、死に戻りが前提みたいなところがあるから……」

『なるほど。そういうことなら奥川君と一緒にやれば初心者の私でもなんとかやれそうだね』

ウフフと楽しげに笑いながら姫宮さんは言うが、つまりそれはどちらかの家に来て一緒にゲームをするって意味で間違いないよな。

「どうしてそういう結論に至ったのか参考まで聞かせてもらえますか？」

『シエルちゃんと同じ感動を味わる機会なんて早々あることじゃないけど、きっと私一人だと行き詰まってすぐに止めてしまうかもしれないでしょ？　でも奥川君に教えてもらいながらやれば、どんな強敵が相手でも倒せると思うの！』

電話の向こうでグッと拳を作っている姫宮さんの姿が見えた気がした。どうやら彼女は本気のようだ。

『もちろん今日明日の話じゃないから安心して。もうすぐ新学年が始まるし、落ち着いたら一緒にやろうね。約束だよ？』

言外にあなたには〝はい〟か〝イエス〟の選択肢以外はないわよという圧を感じ取り、俺は心の中で一つため息を吐いてからお姫様からの要望に答えた。

「わかった。なら新学期が始まって色々落ち着いたら一緒にやろう」

『奥川君ならそう言ってくれると信じていたよ！　その日が来るのが今からすごく楽しみだよ』

「色んな意味で俺は今から気が気でないよ……」

『どういう意味か問いただしたいところだけれど、今日のところはこの辺にしておこうか。このまま奥川君と話していたらシエルちゃんの記念すべき瞬間を見逃しちゃいそうだしね』

シエルちゃんがついにラスボスと対峙していた。クリアの瞬間の感動を分かち合うにはまさに一瞬でも目が離せない状況と言える。

『それじゃ奥川君。改めて今日はありがとう。おやすみ』

「こ、こちらこそ。おやすみ、姫宮さん」

姫宮さんは最後にフフッと嫣然（えんぜん）とした笑みを残して通話は切れた。

家族以外の女の子からおやすみなんて言われたのは初めてだ。しかもその相手が姫宮さんのような絵画に描かれるような美少女とくれば、今日一日で一生分の運を使い果たしたと言っても過言ではない。

「これで同じクラスになったらどうなるんだろうな……って世の中そんな都合よくはいかないよな」

思わず自嘲しながら俺はベッドに倒れ込む。色んなことがあって疲れていたのか目を閉じたらすぐに意識は暗転した。

そして春休みが終わって迎えた新学期。

晴れて高校二年生になった初めての登校日。これから一年間を共に過ごす仲間達が待つ教室へ入った瞬間、俺は驚愕した。なぜならそこには満面の笑みを浮かべた姫宮さんがいたのだ。

彼女は俺の姿を見つけるや周囲の友達の下から離れてスタスタとこちらに近づいてきた。

「おはよう、奥川君。これから一年間、よろしくね？」

「……よろしく、姫宮さん」

どうやら俺は盛大にフラグ回収をしてしまったようだ。この一年、俺は無事に高校生活を送ることができるのだろうか。いや、できるはずがない。

# 第3話：波乱だらけの新学期

「ユイ兄！　のんびり準備していたら遅刻しちゃうよ!?　入学早々私を遅刻魔の不良女子高生にするつもり!?」

　現在時刻は7時半前。制服にこそ着替えているが、のんびり朝食を食べている俺に対して祭はすでに鞄を肩にかけて登校準備は万端だった。

　ちなみに父さんはすでに家を出ており、母さんはまだ寝ている。昨日も仕事から帰って来たのは日付が変わってからだったから無理もない。

「俺のことは放っておいて先に行けばいいだろう？　というかまだ慌てるような時間じゃないだろうに」

　自宅から天乃立高校までは自転車で十分弱。歩いても十五分程度しかかからないご近所さん。だから朝の占いを見てから家を出ても余裕で間に合うので、よほどのことがない限り遅刻をすることはない。

「わかってないなぁ、ユイ兄！　この時期は早めに登校してクラスメイトと親睦を深める時間を少しでも確保することが大事なんだよ！」

そんなことまったく気にしなかったぞ、俺は。むしろせっかく近場の学校なんだから一分一秒でも長く朝の惰眠を貪ることの方が大事だった。

「もう！　そんなんだからユイ兄は友達が全然いないんだよ！　友達百人できるかなって歌を思い出しなよ！」

「余計なお世話だ。そもそも俺は友達が百人いるより心を許せる親友が一人いればいい派なんだよ」

「まぁユイ兄の言っていることは一理あるけども……ってそんなことはどうでもいいの！　私が言いたいのは優しいお兄ちゃんなら高校生活に不安を感じている妹と一緒に登校してくれるよね？　ってこと！」

いいよね、お兄ちゃん？　と上目遣いで見つめながら祭は言った。一々話が回りくどくしないとダメな病気にでもかかっているのか？

「私の三年間の高校生活がバラ色になるか灰色になるのかは、入学後一週間で決まると言っても過言ではないいんだよ！」

「わかった、わかったよ！　準備して来るから少し待ってろ！」

新学期が始まってまだ三日。さすがに入学後の一週間で三年間の高校生活が灰色になるはずないし、そもそもこのコミュ力お化けの祭に友達ができないはずがない。

何が狙いなんだ？

ピンポーン　ピンポーン

なんてことを考えながらネクタイを締めていたら突然来客を告げるチャイムが鳴った。こんな朝からいったい誰が何の用だ？

「ごめん、ユイ兄！　ちょっと手が離せないから代わりに出てくれない⁉」

「ハァ……人使いが荒いというか自分勝手というか……」

自由人な祭に思わず愚痴と深いため息を吐きながら、手早くネクタイを締めて俺は玄関へと急いで向かう。

「はいはい、お待たせしました。どちら様ですか？」

「お、おはようございます、唯斗さん！」

扉を開けるとそこに立っていたのは純白のブレザーとスカートの制服に身を包んだ一人の女の子だった。

　肩口まで伸びるセミロングの髪は北欧出身の母から受け継いだ光沢のある銀色。容姿もまたどこか幻想的で妖精のような愛らしさがある。まるでおとぎの国からやって来たかのような美少女。それでいて祭とは比較にならないほどたわな双丘を有しているので、世の中というのはつくづく不公平にできている（祭談）。

「おはよう、ノエルちゃん。こんな朝からどうしたの？」

　少女の名前は夢乃（ゆめの）ノエル。祭とは親友同士で同じ小中学校通っていた同級生。俺と祭が義理の兄妹になってからは何度もこの家にも遊び来るようになり、その時俺も一緒にゲームをしたことがある。

　しかし俺達兄妹とは比較にならないほど頭脳明晰で、彼女が通う私立七星学園は全国でもトップクラスの有名な進学校で、ノエルちゃんはそこに首席入学をしたまさに天才美少女である。

「唯斗さんにおはようのあいさつがしたくて来ちゃいました。ダメ、でしたか？」

「あぁ、いや……ダメじゃないよ」

　瞳をうるうるとさせながら尋ねるのは反則だよ、ノエルちゃん。ダメとか、家に寄っていたら遅刻するんじゃないの？　とか言えなくなるじゃないか。

「えへへ。優しい唯斗さんならそう言ってくれると思っていました！　それじゃこれから毎朝おはようを言いに来ますね！」

「え、毎朝？　それはさすがにちょっと……」

「………」

「あぁ、うん。毎朝ね。もちろんいいよ！　俺もノエルちゃんに会えて嬉しいからね！」

ノエルちゃんの無言の圧力に屈した俺は乾いた笑いとともにやけくそ気味に言った。まぁそれでノエルちゃんが満面の笑みを浮かべてくれたので結果オーライということにしよう。

「ノエルちゃん、おっはよーーー！」

家の中から祭の声が聞こえてきたので振り返ろうとするよりも早く祭は俺の横を走り抜けてノエルちゃんに抱き着いた。

「ぐへへ……ノエルちゃん、今日も相変わらずおっぱい大きいねぇ！　最高だぜ！」

「ちょ、ちょっと祭ちゃん⁉　唯斗さんのいる前で恥ずかしいよぉ……あと変なところ触らないで。お願い」

「ハァ、ハァ、ハァ……そんな反応をされたらますます虐めたく――じゃなくて触

りたくなっちゃうよ！　いいよね、ノエルちゃん！」

「ダメに決まっているだろうが！　朝から家の前で親友に盛大なセクハラをするんじゃない！」

俺は鼻息を荒くしてセクハラ暴走機関車となった駄妹の頭に手刀を落としながらノエルちゃんから引き剝がす。まぁこういうことは今に始まったことではないのだが、高校生になったんだからそろそろ止めないとノエルちゃんに愛想尽かされるぞ？

「もう！　せっかくノエルちゃんのおっぱいを堪能していたのに邪魔するなんて酷いよユイ兄！」

「どう考えても酷いのはお前だよ！　ごめんね、ノエルちゃん」

「は、はい……私は大丈夫です。祭ちゃんに触られるのは慣れているので」

苦笑いしながら答えるノエルちゃんの頰は熟したリンゴのように真っ赤になっている。本当は恥ずかしいのに我慢しているんだろうな。まったく、ノエルちゃんの優しさにつけあがるな。

「聖人君子なお兄ちゃんぶっているけど、本当はユイ兄だってノエルちゃんのおっぱい触りたいじゃろ？　素直になれよぉ！」

　酔っ払ったセクハラ親父みたいな下品な笑みを浮かべながら俺の脇を小突いてくる祭。朝から絡み方がめんどくさいなぁ。そりゃノエルちゃんみたいなマシュマロおっぱいを揉みしだきたいなぁと思ったことがないと言えばウソになるが、俺にとって彼女はもう一人の妹のような子。そんな不埒な真似はできない。

「ハァ……ホント朝から祭がごめんね、ノエルちゃん」

「い、いえ……それより唯斗さん。唯斗さんもその……私の胸、触りたい……ですか？」

「…………はい？」

「私はその……唯斗さんが触りたいって言ってくれたらいつでもウェルカムですから！　むしろエッチな本を見るより私を――」

「ストーーーーーーップ！　ストップだよ、ノエルちゃん！　それ以上はダメだ！　言わせないからな⁉」

　いきなり何を言い出すんだよこの子は⁉　顔はさらに赤みが増しているけどその瞳はまるで新婚の花嫁が初夜に挑むかのように真剣なもの。

「ちょっと待ってくれ、ノエルちゃん。今の口ぶりからするともしかしてキミは俺の秘蔵コレクションの存在を知っているのか⁉」

「そりゃもちろん。だってノエルちゃんがユイ兄はどんな女の子が好きなのか聞いてくるから色々と教えて――」

さも当然のようにあっけらかんとした様子で答える祭。友達になんてことを吹き込んでいるんだこの駄妹は。いくら俺が妹思いの聖人君子なお兄ちゃんでも限度というものがあるぞ⁉

「あぁぁぁぁぁあ‼　祭ちゃん、ストップ！　それ以上はダメだよ！　内緒って約束したじゃん！」

しかし俺以上に取り乱し、顔だけでなく首まで真っ赤にしたノエルちゃんが手をぐるぐると振り回して祭の肩をポカポカと殴り出した。

「いつまで経ってもアタックしないノエルちゃんがいけないんだよ。悠長に構えていると後ろから飛んできたトンビに攫われちゃうぞ！」

「え？　祭ちゃん、それってどういう意味⁉　ももも、もしかして唯斗さんにここ恋人が⁉」

目を白黒させててんやわんやになっているノエルちゃんは控えめに言ってすごく可愛いのでずっと見ていられるが、さすがにそれだと遅刻してしまうので、

「よしよし。少し落ち着こうかノエルちゃん。祭の言葉に振り回されないで。俺に

恋人はいないよ。だから安心して」

俺はぽんぽんとノエルちゃんの頭を撫でた。恋人がいないことを自分で白状するのは悲しくなるな。

「あぁ……ユイ兄。それは却って逆効果だから。ノエルちゃんのテンションが上限突破しちゃうだけだから」

やれやれと呆れた様子で肩をすくめながら祭は言った。いやいや、ノエルちゃんの頭を撫でるのはこれが初めてってわけじゃないんだから大丈夫だろう。

「えへへ。唯斗さんに撫でられるの気持ちいいですぅ。もっとなでなでしてくださぁい」

はい、大丈夫じゃありませんでした。

ノエルちゃんは顔を真っ赤にしながらにへらと幸せそうに笑っていた。まるで飼い主に甘える子猫みたいだ。ずっと撫でていたい。

「はいはい、正気に戻ってねユイ兄。ノエルちゃんも！　これから学校なのにトリップしないの！」

戻って来いとノエルちゃんの頭に容赦なく手刀を落とす祭。この辺りは兄妹だなと思うが少しは手加減しなさい。

「うぅ……痛いよ、祭ちゃん。やるならもう少し優しくしてよぉ」

「黙らっしゃい。こうでもしないとあなたは妄想(あっち)の世界から戻って来ないでしょうが！　いい加減時間がヤバイことになるんだから！」

祭に言われてスマホで時間を確認したら7時50分を過ぎていた。確かにのんびりしている時間はない。と言ってもノエルちゃんの通う七星学園も俺達と同じでここから歩いて十分弱の近場なのだが。

「元はと言えば祭ちゃんがセクハラしてきたのが悪いんだよ！　それがなければもう少し唯斗さんとお話しできたのに……！」

「そうだな。ノエルちゃんの言う通り全部祭が悪い。反省しろ」

「二人ともちょっと理不尽じゃないかな!?」

そんなの絶対おかしいよ！　と叫びながら地団駄を踏む祭。ホント、朝からすでにテンションはクライマックスだな。

「高校生になって環境が変わって忙しくなると思うけど、時間がある時は今まで通り遊びに来ていいからね。祭も喜ぶと思うし」

「はい！　ありがとうございます、唯斗さん！　お言葉に甘えて時間を捻出して遊びに行きます！　週末のお泊りもありですよね!?」

「もちろん。ただし、徹夜でゲームはもうしないからね？」

「えぇ……いいじゃないですかぁ。また徹夜で耐久マ●オパー●ィやりましょうよ！」

甘い猫撫で声を出して袖を引っ張るノエルちゃん。可愛いから反射的に首を縦に振りそうになるのを全力で堪える。前にそれをやった時、途中で力尽きたノエルちゃんが俺を抱き枕にして夢の中に旅立ってしまったので大変だったのだ。

「まったく。甘えたいならもっと堂々とすればいいって言ってるじゃん。ホント、ノエルちゃんは回りくどいんだから」

「だって……祭ちゃんと違って唯斗さんはお兄ちゃんじゃないんだもん」

瞳を潤ませ、頬を膨らませながら言う〝だもん〟の破壊力は尋常ではない。しかもノエルちゃんのような美少女が口にすると威力は倍増。思わず俺は目を逸らした。

こんな可愛い義理の妹がいたら理性が持たないな。ラブコメが始まってしまう。

「まぁその辺の作戦会議をまた後日やろうね。そろそろ学校に行かないとマジで遅刻しちゃうから」

「そうだな。俺や祭はともかくノエルちゃんを遅刻させるわけにはいかないから急ごうか」

「はい……朝からお騒がせしました。祭ちゃん、今夜電話するね。唯斗さん、短い時間でしたがお話しできて嬉しかったです。では、またお会いできる日を楽しみにしています」

ぺこりと一礼してからノエルちゃんはどこかに電話をかけた。すると一分も経たずに一台の黒塗りの高級車が我が家の前に現れた。

呆気にとられる俺と祭を尻目に優雅に乗り込むノエルちゃん。

「それでは唯斗さん。行ってきます」

「い、行ってらっしゃい。気を付けてね？」

窓から女神のような慈愛に満ちた笑顔で手を振りながらノエルちゃんは俺達の前から去って行った。

「……俺達もそろそろ行くか」

「……うん、そうだね」

俺達兄妹は今まで知らなかった夢乃家の財力に戦慄を覚えながら学校へと歩いて向かうのだった。

＊＊＊＊＊

何事も事前の準備が大切だということを痛感したのは今日が初めてだ。あんなにバカ騒ぎをしたのに俺と祭が校門にくぐった時刻は8時を少しすぎたところ。これなら卒業するまで遅刻とは無縁の生活を送れそうだ。

「私に感謝してよね、ユイ兄。私が早く用意してって言わなかったら今頃悲惨なことになっていたんだからね！」

なぜかドヤ顔で胸を張る祭だが、悲しいことに姫宮さんやノエルちゃんのように発育が進んでいないので幼児体型の義妹では揺れるものは何もない。

「そう言えばユイ兄のクラスには春休みの時に助けた姫宮さんがいるんだよね？何か話したりした？　ラブコメ始まった？」

「義妹よ、現実はそんなに甘くないんだよ。ピンチを助けたらラブコメが始まるのはラノベや漫画の中だけだ」

「――あら、それは残念。私はいつでも始める準備はできているんだけどなぁ？」

不意に背後から凛とした声が聞こえてきた。まさかと思って振り返るとそこに立っていたのは優雅な笑みを口元に浮かべた姫宮さんだった。

「おはよう、奥川君。そちらにいる可愛らしい女の子は誰かな？　見たところ新入生のようだけど……もしかしてこ、恋人だったりするのかな？」

一転して不安げな表情となった姫宮さんは祭を見つめる。そしていきなり噂の姫宮さんが現れたことで驚いたのか、祭は俺の背中に隠れてブルブルと震えている。

こら、いくらなんでもその反応は失礼だぞ。

「おはよう、姫宮さん。こいつは俺の妹だよ。名前は奥川祭。ほら祭。姫宮さんにちゃんと挨拶しろ」

「は、初めまして。奥川祭です。好きなものはユイ兄とVチューバーの雪上シエルちゃんです。よ、よろしくお願いします」

「フフッ。丁寧にありがとう。私は姫宮奏。奥川君とは今年からクラスメイトになったんだ。よろしくね、祭ちゃん」

アルカイックスマイルを浮かべながら祭に手を差し出す姫宮さん。その何気ない仕草すらも絵になるのだから美少女というのは反則だな。

祭も圧倒されて生まれたての小鹿のように震えている。

「ねぇ、ユイ兄。一つ聞きたいんだけどいいかな？」

「ん？　なんだよ？」

俺の袖をクイクイと引っ張りながら姫宮さんに聞かれないように耳元で小さな声で祭が尋ねてきた。

「ユイ兄は本当に春休みにこんな綺麗で巨乳な人の家に行って手料理を振舞ってもらったの？」

今更そのことを聞いてくるのかとも思うが疑いたくなる気持ちもわかる。目の前で微笑んでいる姫宮さんは女神のように神々しいからな。

「でもその日は私とシエルちゃんの生配信を観るために、連絡先を交換するだけで帰って来たんだよね？」

「妹よ、お前は何が言いたいんだ？」

「ユイ兄は据え膳食わぬは男の恥って言葉知ってる⁉　こんな美人で巨乳な人のお家でご飯をご馳走になったのに帰って来るなんて信じられないんだけど⁉　私はユイ兄の趣味がわからなくなったよ！」

「俺はお前の思考がまったくもって理解できないんだが⁉」

新学期が始まって間もない朝の通学路でとんでもないことを口走りながら地団駄を踏む祭に俺は全力でツッコミを入れる。

本人を目の前にして美人はまだしも、据え膳とか巨乳とか言うのは、我が義妹ながら頭のネジが数本飛んでいると思わざるを得ない。

「フフッ。奥川君は本当に妹さんと仲が良いんだね」

姫宮さんは口元に手を当てて優雅に笑っているところを見るに、どうやら祭の発言は彼女の耳には届いていないようだ。やれやれだ。

「私の弟も可愛いけれど、祭ちゃんも負けず劣らずだね。しかもシエルちゃん推しなんだよね？　このままお持ち帰りしてもいいかな？」

蠱惑（こわく）的な瞳で祭を見つめながらペロリと舌なめずりをする姫宮さん。完全に獲物を見つけた捕食者だな。

「お持ち帰りしてもいいけどそれは放課後になってからの話だ」

「ユイ兄⁉　私を売るつもり⁉」

「安心して、祭ちゃん。大丈夫、怖いことはしないから。一緒にシエルちゃんの放送を観ながら色々話を聞かせてくれたらいいから！　主にあなたのお兄さんの話をね」

言いながら姫宮さんはキラッと星が飛び出すようなウィンクを祭に飛ばす。キザな仕草のはずなのに様になっているのはさすがの一言だな。

「……なるほど、だいたいわかりました。そういうことでしたら喜んで」

どこぞの世界の破壊者の台詞を口にする祭。その表情はいつの間にか死地に赴く覚悟を決めた侍のように鋭くなっていた。

「フフッ。察しが良くて助かるよ。これからよろしくね、祭ちゃん」

「こちらこそ、よろしくお願いします。それにしても姫宮先輩って見かけによらず肉食なんですね」

「別に私は肉食じゃないよ？　ただ目の前にあるご馳走を逃したくないだけだよ」

不穏な会話をしながらがっしりと握手をする二人。会ってすぐに意気投合するのは結構なことだがそろそろタイムアップだ。

「名残惜しいけどそろそろ教室に向かわないと先生が来ちゃうね。祭ちゃん、今度はゆっくりと話そうね」

「はい、喜んで！　それじゃユイ兄、また後でね！」

バイバイと手を振りながら祭は俺達の下から走り去っていった。元気なのはいいことだが少しは落ち着きというものを身に付けてほしいものだ。

「それじゃ奥川君。私達は一緒に仲良く教室に行きましょうか。いつかのようにエスコートしてくれるかな？」

そう言ってスッと手を差し出してくる姫宮さん。

これがハリウッド映画なら俺はその手を優しく取るのだろうが、そんなことをすればどうなるかは火を見るよりも明らかだ。

「馬鹿なこと言ってないで行くぞ、姫宮さん」

「……王子様は私の手は握ってくれないの？」

「勘弁してくれ。俺は王子様じゃないし、その手を取ったら俺はこの学校で生きていくことができなくなる」

どちらかと言えば王子様はキミの方だろうと心の中で付け足す。

それに校内で絶大な人気を誇る姫宮さんが校内で男と手を繋いで歩いていたら男女関係なくパニックになるだろう。

そしてその相手は嫉妬と羨望がごちゃ混ぜになった負の感情に支配された者達によってつるし上げにされること間違いなしだ。その対象は他の誰でもない、俺だ。

「いくらなんでも大袈裟だと思うよ？　まぁでも安心して。もしも私と手を繋いだことで奥川君が窮地に立たされるようなことがあったら私が守ってあげるから」

「……具体的にどんな感じで守っていただけるのか聞かせてもらってもいいですか？」

「それはもちろん、〝この人は私の初恋の人で王子様です〞って言ってその場で抱きしめてみんなに奥川君は私だけの王子様ってアピールします！　キミに変な虫が寄らないように――ってどこに行くのかな？　まだ私の話は終わっていないんだけど⁉」

頬を赤らめてもじもじしながら話す姫宮さんの姿は控えめに言って可愛いの一言に尽きるけれど、如何せん話の内容が乙女の妄想で、聞いているこっちがいたたまれなくなる。

「お姫様を置いて先に行くなんて酷い王子様だなぁ。でもそういうツンなところがあると逆に萌えるからアリかな？」

「姫宮さんはいったい何の話をしているんですか？」

この一年で俺の中に形成されていた姫宮奏という女の子像がガラガラと音を立てて崩れていく。まぁ春休みの一件で大分壊れていたけれど。

「普段はつれない主人公がヒロインの前でだけ見せる甘えた姿ってとても萌えるよねって話だけど？」

言いたいことはわからないでもないが、ここで同意を示したらさらに調子に乗って面倒なことになる。俺は心を鬼にして無視して教室へ急ぐ。

「ちょっと待ってよ奥川君！　私の妄想……じゃなくて私の話は聞かなくてもいいから置いて行かないで！」

泣きそうな声で言いながら慌てて俺の後を追って来る姫宮さん。

これが少女漫画に出てくるイケメン男子なら〝やれやれしょうがないなぁ〟と肩をすくめて並んで歩くのだろうが、あいにく俺はそんなキャラではないので脱兎の如く教室へと向かうのだった。

＊＊＊＊＊

朝から祭、ノエルちゃん、姫宮さんの三人による波状攻撃を受けてすでに疲労困憊の俺は、教室にたどり着くや否やバタンと机に突っ伏した。まだ春先だというのに背中にじんわりと滲んだ汗が気持ち悪い。

これだけでも今日一日憂鬱だなと思っていると、前の席に座っている男子生徒が振り返りながら声をかけてきた。

「おはよう。珍しいな、唯斗が遅刻ギリギリなんて。何かトラブルでもあったの？」

「おはよう、樹理。まぁ朝から色々あってさ……おかげですげぇ疲れた」

そいつは災難だったなと苦笑いを浮かべるのは、去年もクラスメイトだった俺の数少ない友人の高梨樹理。中性的な端正な顔立ちと柔和な笑顔が特徴で、線の細い華奢な身体つきとなで肩も相まってズボンを履いているのに時折女子と間違われるほどの美形。しかしその外見とは裏腹に意外と口は悪く、竹を割ったような表裏のない性格をしている。

「どうせ祭ちゃんの無茶ぶりに振り回されたんだろう？　あの子、唯斗のことが大好きだからな」

樹理は家に何度も遊びに来ているので祭のことを知っており、俺の守備範囲外の少女漫画好きという趣味も一致してすぐに意気投合した。

「まさか祭ちゃんが唯斗を追って同じ高校を受験するとは思わなかったけどな。あの子の学力ならそれこそ七星学園だって行けただろう？」

シエルちゃんの配信を観ながら、ぐへへとだらしなく笑うちゃらんぽらんな――なんて言ったら本人に怒られるが――祭だが実は頭が良かったりする。効率よく勉強しているそうで、樹理の言うように七星学園にだって受験すれば合格間違いなしと中学の担任先生からお墨付きをもらっていたほど。

「いやいや、俺を追ってなわけないだろう。むしろ樹理を追ってなんじゃないか？　あいつあぁ見えて年頃の女の子だし」

兄の俺から見ても樹理と祭は非常に仲が良く、趣味も合うのでお似合いのカップルになると思うんだけどな。

「ハァ……ホント、唯斗は鈍感というか唐変木というか……祭ちゃんも苦労するだろうなぁ」

「ん？　それってどういう意味だよ。と言うか今そこはかとなく馬鹿にされたような気がするんだけど気のせいか？」

「ハハッ。気のせいだよ。俺が唯斗のことを馬鹿にするわけないだろう？　そんなことよりも唯斗に聞きたいことがあるんだけど……なぁ、唯斗よ。春休みに何かあっただろう？」

バンッと俺の机を叩いてからずいっと顔を近づけてくる樹理。笑ってこそいるがその瞳には鬼が宿っているかのように真剣で正直言って怖い。質問というよりも尋問だ。

「何だよ、藪から棒に。春休みはお前と出掛けた以外は別にどこにも行かなかったし楽しいことなんて何も――」

「唯斗、天乃立の王子様——姫宮奏と仲良さげに話していたそうじゃないか？　あいつと何かあっただろう？」

そう尋ねて来る樹理の表情は誤魔化すことは許さないと言わんばかりに鋭く、その声音には答えを確信しているかのようでもあった。確かに何かあったのは間違いないのだが素直に自供するわけにもいかない。

「ねぇ、奥川君。どうして黙っているの？　素直に高梨君に教えてあげたらいいんじゃない？　春休みに私の家で一緒に夕飯を食べたって」

どう答えるのが無難か考えている俺の背後から鈴の音のような凛とした声が聞こえてきた。その声の主は言うまでもなく姫宮さん。俺は心の中で声にならない悲鳴を上げた。

「へぇ……姫宮さんの家で夕飯を。なぁ、唯斗。どういうことか説明してくれるよな？　その話、一切聞いていないんだけど？　いつからお前と姫宮さんはそういう関係になったんだ？　俺、すごく気になるな」

親友は新しいおもちゃを買ってもらった子供のような満面の笑みを浮かべながらガシッと俺の肩に腕を回してきた。

そしてこの姫宮さんの爆弾発言により、教室にいる男子生徒からは殺気と嫉妬に満ちた射殺すような視線が、女子生徒からは姫宮さんの色恋沙汰に興味津々といった視線が向けられている。

この回答によって俺の高校生活の行く末が決まると言っても過言ではないので必死に頭を回転させる。しかしそんな俺のことなどお構いなしに姫宮さんは言葉を続ける。

「私がナンパされて困っているところを奥川君が助けてくれてね。そのお礼を兼ねて家に来てもらって夕飯を振舞った。あぁ、もちろん私が強引に誘う形でね。そうでもしないとお礼も何もさせてくれなかったから」

そう言ってしゅんと肩をすくめる姫宮さん。

彼女の言葉にウソはない。ナンパから助けた話も、強引に家に連行されたことも全てが事実。だが落ち込むそぶりを見せるのはダメだろう⁉　それだとまるで俺が嫌々姫宮さんの家で夕飯を食べたと思われるじゃないか。

「誤解だ、樹理！　そもそも姫宮さんがナンパされた場所は俺が働いている喫茶店だったんだ。だから従業員として困っているお客様を助けるのは当然だろう？　だから助けたからと言ってお礼なんていらないって俺は何度も言ったんだよ」

「それだと私の気が収まらないって何度も言ったよね？　本当なら夕食後ももう少

し一緒にいたかったのに奥川君は帰っちゃうし……」

　頬に手を当てて悲しそうな表情で姫宮さんが言うが、そこで俺は確信した。この人、絶対にわざとやっている。俺の困った様子を見て楽しんでいるんだ。間違いない。

「まぁ唯斗は素直に据え膳を食べるような男じゃないからな。たとえその相手が姫宮さんみたいな学校一の美少女であってもだ。紳士というかチキン野郎というか、まぁそれが唯斗の良い所なんだろうけど」

　誰がチキン野郎だ。俺だってやる時はやるからな？　ただまともに会話をするのはその日が初めての姫宮さんの気の迷いに付け込んでそういうことをするのはどうかと思っただけだ。

「フフッ、高梨君の言う通りだわ。さすがは私の王子ｓ――」

　姫宮さんが言い切る前に始業を知らせるチャイムが鳴り、担任の磯部先生が教室に入ってきた。何を言うつもりだったのかは考えないようにしよう。姫宮さんは不満そうに頬を膨らませながら自分の席へと戻った。やれやれ、何とか乗り切ったな。

「おはよう、みんな。ホームルームを始める前に先生から一つ提案がある。終礼が終わったら席替えをしないか？」

バンッと教壇に両手をつきながら磯部先生がとんでもない提案を口にした。

新クラスになってまだ三日。今の席は初日にみんなが適当に座っただけなので統率も何もない。また俺や樹理のように一年生の時から仲のいい友人と固まっている者も少なからずいるので、このタイミングで席替えをするのは親睦を深めるという意味では大いにありだと思う。

「よし、反対意見もなさそうだし席替え決定！　それじゃ出席を取っていくぞ——」

そう言って磯部先生はテンション高めな声で生徒の名前を読み上げ始める。すでに大半の生徒達は放課後の席替えに思いを馳せているのかソワソワしており、特に男子はチラチラと姫宮さんの方を見ている。

「席替えしても近くになれるといいな、唯斗」

「あぁ、そうだな。去年も何だかんだずっと近くだったし今年もそうなるといいな」

「お前が近くにいたら宿題を忘れても何とかなるからな」

前言撤回。

＊＊＊＊＊

昼休み。

放課後の席替え決戦を前にして俺は早くも窮地に立たされていた。その理由は今朝の姫宮さんの発言の真相を聞き出すべく、チャイムが鳴ったと同時にクラスメイトに囲まれてしまったからだ。

「ねぇ、奥川君！　ナンパされていた姫宮さんを助けたって本当⁉　どうやって助けたのか詳しく聞かせて！」

「姫宮さんの家でご飯を食べたんだよね？　もしかして姫宮さんの手料理⁉　何を食べたの⁉　美味しかった⁉」

女子達はまだいい。詳細を聞かれる分には素直に答えればいいだけだからな。むしろ姫宮さんに喋らせたらあることないこと言いそうで怖い。まぁ彼女は昼休みに入るや否や早々に教室から出て行ったのでこの場にはいないのだが。

「姫宮さんの家に行っただけでも重罪なのに手料理まで振舞ってもらっただと⁉　奥川の野郎、許さん！」

「ちょっと顔が良いからって調子に乗りやがって……やっぱり〝世の中ね、顔かお金かなのよ〟、ってか⁉　チクショウ！」

滂沱（ぼうだ）の涙を流しながらありとあらゆる負の感情を宿したような濁った瞳を向けないでほしい。こういう連中にはどんなに丁寧に説明したところで無駄だし嫉妬心を煽るだけだから無視が一番だ。

「すいません！　こちらにユイ兄……じゃなくて奥川唯斗はいますか？」

この状況をさっさと切り抜けて食堂に向かうにはどうすればいいか考えていると、恐る恐る教室をのぞき込みながらほんのり緊張が混じった声で俺の名前を呼ぶ人物が現れた。クラスメイト達の視線が一斉にそちらに向く。

「どうした、祭？」

そこに立っていたのは妹の祭だった。いくら兄がいるとはいえ、高校生になってまだ三日目だというのに二年生の教室を尋ねて来るのはさすがに肝が据わっている。俺の周りで騒がしくしていたクラスメイト達も突然現れた珍獣に興味津々のご様子だ。

しかしこれは俺にとっては千載一遇のチャンス。祭を使ってこの場を切り抜けよう。

「あれれ、ユイ兄ってばもしかして実は人気者だったりするの？　友達は樹理さんだけだと思っていたけどいつの間にたくさん作ったの？　一年越しの高校デビュー？」

きょとんと首をかしげる祭に俺はため息をこぼす。おかしい、救世主だと思った我が義妹はこの場に更なる混沌をもたらす悪魔だったのか？　勘弁してくれ。

「おっ、祭ちゃんじゃんか！　高校生になっても相変わらず元気だな」

そんな祭に笑顔で樹理が笑顔で声をかける。

「あっ、樹理さん！　じゃなくて高梨先輩、こんにちは！　今年もどうぞポンコツなユイ兄をよろしくお願いします！」

家ならまだしも学校で俺のことをポンコツな兄貴って言うな。俺が築き上げたイメージが崩れるだろう。それがどんなものかは悲しくなるから聞くな。

「おう！　唯斗のことは俺がきっちり面倒を見るから任せてくれ。それと呼び方は今までいいよ。そんなことより、祭ちゃんはどうしてうちの教室に？　唯斗に用事か？」

「そうでした！　ユイ兄と一緒に昼ご飯を食べようと思って呼びに来たんでした！　でも大人気で取り込み中みたいですね……」

しょぼんと肩を落とす祭を見てクラスメイト達が申し訳なさそうにたじろぐ。ここから抜け出すには今しかない。

「そんなことないぞ、祭！　一緒に昼飯食べよう。樹理も行くよな？」

「もちろん。ただ昼休みになってから大分時間が経っているから食堂の席が空いているかはわからないけどな」

天乃立高校の学食は低価格でありながら量良し味良しなので育ち盛りな腹ペコ学生のみならず教職員からも非常に評判がいい。それ故に限られた席を巡って毎日争奪戦が繰り広げられている。

「フッフッフッ。安心してください、樹理さん！　そうなるだろうと思ってすでに座席は五人分確保してありますから！」

ドヤ顔で胸を張りながら言った祭の言葉に樹理はおぉっと歓声を上げてパチパチと拍手をするが俺としては嫌な予感しかない。

「なぁ、祭。五人分確保しているって言ったけど俺達以外の二人っていうのはもしかして――？」

「答えは食堂に着いてからのお楽しみだよ、ユイ兄。これ以上待たせたら時間もなくなるし二人に悪いから急ぐよ！」

祭に手を引かれて俺達は食堂へと向う。食堂に着いてからと勿体ぶった時点で誰が食堂で待っているかの答えは言っているようなものだ。

「お帰り、祭ちゃん。もう少しかかると思ったけれど意外と早かったね」

案の定、食堂にいたのは姫宮さん。その隣には彼女の友人でありクラスメイトの女子生徒の椎名文香さんがいた。

「やっほー！　一昨日自己紹介はしたけど改めてするね！　奏ちゃんの親友をやっています椎名文香です！　よろしくね！」

彼女は姫宮さんと双璧を成す天乃立高校の有名人だ。姫宮さんが王子様のような大人びたクール系な美少女だとしたら椎名さんはその真逆。

彼女のことを一言で言い表すとしたら合法ロリという言葉が一番わかりやすい。可愛らしい童顔な顔立ちに子犬のようにくりっとした愛らしい瞳。

常ににこにこ笑顔を絶やさない愛くるしい性格。それでいて姫宮さんを凌ぐほどのたわわな果実を備えているので生徒達の間では椎名さんは〝天乃立の慈母神〟と呼ばれているとか。誰だよ、こんな恥ずかしい二つ名を付ける奴。

「なぁ、妹よ。一つ聞いてもいいか？」

「なんだい、兄よ。私に答えられることならなんでも答えるよ？」

「どうしてお前が姫宮さんと椎名さんと一緒にいるんだ？　姫宮さんとは今朝知り合ったばかりのはずだ。それなのにどうして？」

いくら祭のコミュニケーション能力がずば抜けているにしても、いきなり昼食を一緒に取るような仲に発展するとは思えない。これには何か理由があるはずだ。

「その答えなら簡単よ、奥川君。休み時間中に連絡先を聞きに行ったときに私から祭ちゃんを誘ったの。一緒にご飯を食べましょうってね」

俺の疑問に姫宮さんがしたり顔で答えてくれた。まさかの姫宮さんからの提案だったことに驚きだし、連絡先を交換しにわざわざ祭の教室に出向いていたなんて知らなかった。さぞやパニックになったことだろうな。

「いやぁ……一限目が終わってぐでっとしていたら廊下が騒がしくなってさ。外に出てみたら姫宮先輩が来ていてびっくりしたよ！」

そう言えば姫宮さん、一限の授業が終わったら慌てた様子で教室を出て行っていたな。てっきりお花を摘みに向かったと思っていたのだが、まさか祭の教室に足を運んでいたとは。

「朝は時間がなくてバタバタしていたせいで祭ちゃんの連絡先を聞けなかったからね。貴重な同志であり情報源を逃げすわけにいかないでしょう？」

同志なのはわかるが情報源ってなんだよ。まぁ質問すれば藪蛇になりかねないのであえて何も聞かないが。

「私もユイ兄以外の同志が見つかって嬉しかったんですけど、さすがにいきなり教室に来て〝祭ちゃん、私と連絡先を交換してくれないかな？〟って言うのはどうかと思います。その後すごく大変だったんですからね！」

プンスカと頬を膨らませて怒る祭に〝ごめん、ごめん〟と苦笑しながら謝る姫宮さん。連絡先を交換した後、祭がどんな目に合ったかは想像に難くない。

俺と同じようにクラスメイトから〝姫宮先輩とはどういう関係なのか〟と詰問されたのだろう。それに対して正直者の祭がなんて答えたかは考えたくはない。

現にこうして話している今も新入生らしきを含めた生徒達から鋭い視線を向けられている。教室に帰りたい。

「積もる話はたくさんあると思うけどそろそろお昼ご飯食べない？　いい加減私は腹ペコだよ！」

「そうだぜ、唯斗。お前が昼飯抜きで構わないって言うなら止めないけど、俺はごめんだからな？」

椎名さんと樹理の二人に言われて時計を見ると確かにそろそろ急がないと何も食

べられずに終わりかねない時刻に差し掛かっていた。何も食べずに午後の授業を迎えるのは育ち盛りの高校生には地獄だ。

「さぁ行くよ、奏ちゃん！　今日の日替わりランチのビーフシチューは前に食べたことあるけど絶品だったから食べ逃しは厳禁なんだよ！」

「マジか！　そいつは急がないとヤバイな！　唯斗、俺は先に行くぞ！」

文字通り飢えた獣のように食券機へダッシュする椎名さんと樹理。あの二人は絶対花より団子のタイプだな。

「奥川君は何にする？　日替わりランチ？　それとも定番のカレー？　それともパスタ？　なんなら私とシェアしちゃう？」

「シェアしちゃいません。そういうことは気軽に言わないでくれ。俺の高校生活がどんどん平穏から遠ざかっていくだろうが」

「えぇ、そんなつれないこと言わなくてもいいじゃない。それに平穏ばかりな日常より多少の刺激があった方が楽しいと思わない？」

微笑みながらずいっと顔を近づけて来る姫宮さん。色んな意味でドキッとして俺の身が持たないからやめてほしい。

「思いません。あいにく俺は姫宮さんと違って平穏をこよなく愛する平凡な男なんだよ」

「そういう人はナンパから助けてくれた上に家まで送ったりしないよ。それがたとえ命じられたことであってもね」

「………………」

ぐうの音も出ないとはこのことを言うのだろうか。俺は頬が熱くなるのを自覚して思わず顔を逸らした。そんな俺の様子を見て嬉しそうに姫宮さんは笑う。

「さて、無駄話はこれくらいにして私達も食券を買いに行こうか。悠長にしていたら本当に何も食べられなくなっちゃうからね！」

俺の手を取って駆け出す姫宮さん。

その瞬間、食堂に女子生徒の黄色い歓声と男子生徒の声にならない悲鳴が響き渡った。

やれやれと肩をすくめている椎名さんと樹理、祭の姿が見える。そんな目で見るなと言ってやりたいところだが、突然姫宮さんに手を握られて心臓が大暴れしているのでそれどころではない。

「もう……手を繋いだくらいでそんなにドキドキしないでよ。なんだかこっちまで恥ずかしくなるじゃないか」

唇を尖らせながら話す姫宮さんの頬だけでなく耳まで赤くなっていた。

「恥ずかしいなら手なんて握らなければいいじゃないか……というかみんなに誤解されるから離してくれないか？　このままだと俺の残りの高校生活はバラ色とは無縁の灰色になりかねない」

主に嫉妬と殺意の視線に晒されてな。何が悲しくて逃亡者みたいな生活を学校内で送らないといけないんだ。

「フフッ、大丈夫だよ。何があっても私だけは奥川君の味方だから。キミを一人になんてさせないから安心して」

ギュッと両手で俺の手を優しく包みながら姫宮さんは笑顔で言った。その微笑みが絵画に描かれるような女神のように可憐で眩しかった。

そして頭の中で〝もしもこの顔を独占することができたならどんなに幸せだろうか〟なんてことを考えてしまうくらいに俺は彼女に心奪われてしまった。これが男女問わず魅了する天乃立高校の王子様の力なのか。

「ねぇ、奥川君。黙っていないで何か言ってくれないかな？　もしかして私と手を繋ぐのが嫌だったとか？」

「いや、違う！　そんなんじゃない！　ただちょっと姫宮さんの笑顔が可愛くて見惚れていただけで……ってなし！　今のなし！」

俺はなんてことを口走っているんだ⁉　穴があったら今すぐ入りたい。過去に戻れるなら数十秒前の自分を殴りに行きたい。

見惚れていたのは事実だけどよりにもよってそれを本人に言うなんてどうかしている。しかも姫宮さんのことだからきっとしたり顔で弄ってくるんだろうな。

「へ、へぇ……そ、そうなんだ。奥川君は私の笑顔に見惚れていたんだ……」

あれれ、おかしいぞ。盛大にからかってくると思っていたのに姫宮さんは火が出そうなくらい顔を真っ赤にして俯いてしまった。

しかも心なしか恥ずかしそうに身体をくねくねとさせているし。さっきまでおとぎ話に出てくる王子様のようにカッコよかったのに、今はまるで恋するお姫様みたいだ。

「ねぇ、高梨君。あの二人は何をしていると思う？　私はラブコメに一票」

「奇遇だな、椎名。俺もラブコメに一票だ。祭ちゃんはどう思う？」

「私も同意見です。ユイ兄は思ったことをぽろっと口に出す癖があるんだよね。あれにノエルちゃんもやられたけどまさか姫宮先輩もその犠牲になるとは……」

三人が呆れた様子で肩をすくめてアホな会話をしているのが聞こえてくるので文

句を言いに行きたいところだが、えへへと嬉しそうに笑っている姫宮さんから目が離せない。

もしもあの時姫宮さんの家でこんな顔を見せられていたら、可愛さに耐え切れずに頭を撫でていたかもしれない。

「フフッ。奥川君、嬉しいことを言ってくれてありがとう。とっても気分が良いから今日のお昼ご飯は私が奢ってあげるよ！」

「いやいや！　奢らなくていいから今言ったことは忘れてくれ！　あれは気の迷いというか血迷っただけというか……とにかく聞かなかったことに——」

してくれ、そう言おうとしたのだが突如姫宮さんが頬をぷくぅと膨らませながら抗議の上目遣いをしてきた。一々可愛い仕草をしないでほしい。ギャップ萌えで俺のライフはもうゼロだ。

「聞かなかったことになんてできないよ。奥川君も知っていると思うけど、私はカッコイイとは言われることはあっても可愛いって言われることはなかったからね。だから……忘れるなんてできないよ」

消え入りそうな切なげな声で姫宮さんに言われて俺はたじろぐことしかできない。春休みの時よりも姫宮さんの乙女度がアップしていないか？　ただでさえ女の子の上目遣いには尋常じゃない破壊力があるのに、それを姫宮さんのようなイケメン系な美少女にされたら一発で堕ちる。

俺は助けを求めようと樹理達を探したが、なんと彼らは無関係だと言わんばかりにトレイを手に楽しそうに談笑しながら食事を受け取る列に並んでいた。薄情な奴らだ。

「それとも……私のこと可愛いって言ったのは嘘だったの？」

胸元をギュッと押さえて瞳に涙を溜めながら問いかけて来る姫宮さん。映画のワンシーンのようだが、あいにくこれは衆人環視のど真ん中で行われている現実の出来事だ。

「そうだよね。どうせ私は文香と違って可愛くないよ……」

そう言って姫宮さんはこの世の終わりを告げられて絶望したかのような重たいため息を吐く。どうしてそういう結論になるのか甚だ理解できない。

「そんなことはない。姫宮さんはその……カッコイイだけじゃなくて可愛いとも俺は思ってる」

明後日の方向を向いて頬を掻きながら言ったが恥ずかしすぎる。顔から火が出るとはまさにこのことだ。

この短時間で俺はいくつの穴を掘っただろうか。あぁ、今すぐ家に帰って布団にくるまって現実逃避がしたい。

「うぅ……奥川君のバカ。いくらなんでも直球過ぎるよ……私の心臓を狙い撃ってそんなに楽しいの？　それともキミはもしかして天然のスケコマシなの？」

「誰がスケコマシだ。そもそも姫宮さんが自分のことを可愛くないとか言うのが悪いんだ。それに……姫宮さんは俺の中では誰よりも可愛い女の子だよ」

本当に今日の俺はどうかしている。完全に口説き文句だぞ、これ。そしてこの発言により女子はともかく校内全ての男子から敵対視されることは確定した。さようなら、平穏な高校生活。

「……その言葉も忘れないとダメ？」

こうなったらやけくそだな。

不安そうに尋ねてくる姫宮さんの頭にポンと手を置きながら、一度心の中で深呼吸をしてから努めて笑顔でこう言った。

「忘れなくていいよ。まぁ忘れたかったら忘れてもいいけどね」

人生何が起きるかわからないな。まさか俺がラブコメに出てくるイケメン主人公のような台詞を言う日がこようとは。

「ううん、今の言葉は忘れないよ。お願いされても忘れてあげないから！」

そう宣言して笑う彼女の顔を俺は生涯忘れることはない。そんな気がした。

# 第4話：王子様とお姫様の遭遇

日曜日でも俺の朝は早い。と言っても祭のように特撮ヒーローとか魔法少女アニメを見るためではなく、喫茶店『マーブル』でバイトに行くためだ。

「ところで唯斗君。春から二年生になってクラスが変わったと思うけど楽しく過ごせてる？」

開店準備を終えて一息ついていたら不意に店長が話しかけてきた。その口元に邪悪な笑みが浮かんでいるように見えたのは俺の気のせいではない。

「ええ、それなりに順調ですよ。幸い、一年の頃からの友達とも同じクラスになれましたからね」

高校二年生になって二週間。

食堂での姫宮さんとのラブコメ的なやり取りによって俺の高校生活は破滅すると

思っていたが意外なことにそうはならなかった。

特に女子達からはまるで推しを陰ながら応援するような温かい微笑ましい視線を向けられるようになった。もちろん時には嫉妬やら憎悪に満ちたものも感じるが。

「それは何より。私も一年生から二年生に進級する時、知り合いがいるかとか色々考えちゃってクラス分けの掲示板を見るのはドキドキしたなぁ」

「へぇ……意外ですね。店長でもクラス分けは緊張したんですね」

てっきり店長は〝クラスなんて関係ない、私は私の道を行く〟みたいな孤高を貫く女子高生だと思っていた。

「失礼だね、キミは。確かに私は王子様なんて呼ばれていたけど、他のみんなと変わらない恋に恋する女子高校生だったんだよ？　クラス分けや席替えの時は緊張したものさ」

昔を懐かしむように話す店長の横顔は凛としているいつもと違って儚げで、窓から差し込む朝日と相まって息を飲むほど美しかった。

「私の高校生の頃の話はどうでもいいの。新しいクラスはどんな感じ？」

「どんな感じって言われましても……すごく賑やかですよ？　ムードメーカーもいますし、担任の先生も少し暑苦しいところはありますがいい人ですし。毎日退屈しません」

「それは何より。やっぱり学校生活は楽しくなくちゃね。それで、同じクラスになった姫宮さんとはどうなのかな？　仲良くしてる？」

「どうして俺と姫宮さんが同じクラスだってことを知っているのか気になるところですが、姫宮さんとは隣同士なので仲良くしていますよ。おかげで色々大変ですが」

磯部先生の提案で行われた席替えの結果、俺は一番後ろの窓際という最高のポジションを手に入れることができたのだが、何の因果か姫宮さんと隣同士になった。

全ての席順が決まった瞬間の男子達のため息は酷く重く暗いもので〝どうしてお前ばかりいい思いをするんだ……！〟という怨念をぶつけられた。理不尽にも程がある。

『これから一年間よろしくね、奥川君』

嬉しそうに頬を緩めた王子様スマイルで言われて、俺の心臓はドクンと高鳴り思わずこくりと頷いてしまった。ちなみに俺の前には親友の樹理、姫宮さんの前には椎名さんが座っている。ここまでくると偶然ではない気がしてくるな。

「フフッ。よかったね、唯斗君。学校一の美少女の奏と隣になれて。あと聞いたところによると食堂で盛大に甘い言葉を吐いたそうだね。その辺りのことも詳しく聞かせてくれるかな？」

「どうして店長がそのことを知っているんですか⁉　怖いんですけど⁉」

「前に言ったと思うけど、私と奏は仲良しなんだよ。当然ＬＩＮＥも交換しているし色々相談にも乗っているんだよ」

てっきり祭だと思っていたが情報源はまさかの姫宮さんだった。店長に相談しているというのが些か不安ではあるが、ここで〝何を〟と尋ねるのは悪手だろう。世の中には知らないでいる方が幸せなことはたくさんある。

「唯斗君とは店長と従業員として一緒にやって来たから人となりはわかっているつもりだったけど、まさかキミがスケコマシだとは思わなかったよ。しかも天然のね」

「姫宮さんにも言われましたけど、俺は別にそんなんじゃないですからね？」

「ふぅん……でも大勢の生徒がいる食堂で奏の頭をポンポンと撫でながら〝姫宮さんは日本一可愛いよ〟って言ったんだよね？　こんな歯の浮くようなセリフ、恋人ならまだしもただの女の友達には言わないと思うけどね？」

ニヤニヤと人の悪い笑みを口元に浮かべながらジト目を向けて来る店長。この人のことだから全部分かった上で開店前の暇つぶしに俺をからかっているに違いない。

「俺の台詞が盛大に捏造されている件について抗議してもいいですか？　確かに俺は可愛いとは言いましたけど日本一とまでは言っていないですよ？」

「唯斗君は知らないと思うけど、全国女子高生ミスコンっていうのがあってね。もしも奏がそれにエントリーしたらどうなると思う」

そんなコンテストがあるのは初耳だ。

仮に姫宮さんがエントリーしたら間違いなくグランプリを獲得するだろうな。そして芸能事務所からのスカウトは山のように来て芸能界へ。デビューしたらすぐに人気爆発してスターへの階段を駆け上がることだろう。そうなったらあっという間に手が届かない存在になるな。

「唯斗君は想像力が豊かだね。確かに奏なら日本一可愛い女子高生に選ばれるはずだよ」

どうやら心の声を口に出していたようだ。

「でもね、唯斗君。彼女が望んでいるのは周囲からの称賛ではないよ。あの子が欲しいのは〝姫宮奏〟をちゃんと見てくれる人だよ」

「自分をちゃんと見てくれる人、ですか？」

「イケメンとか王子様とか、ましてや美少女とか……そういう外見に捉われずにちゃんと自分の内面を見て、向き合ってくれる人を奏は探しているんだよ」

そう言って店長は苦笑をこぼした。店長もきっとそれがどれだけハードルの高い要求かわかっているのだ。

「でもたまにいるんだよ。〝あなたのことが好きです〟って全力でアピールしているにもかかわらず〝あなたのことをちゃんと知りたい〟と言って靡かない男がね」

「そんな人がこの世にいるんですか？　フィクションの中の話では？」

「ハァ……そういう男に限って自分は関係ないって顔をするんだよ。まったく、キミって男は本当にスケコマシだな……これは奏も苦労するな」

盛大なため息を吐きながらやれやれと肩をすくめる店長。姫宮さんが苦労するってどういう意味ですか。まさかと思うが俺のことを言ったんじゃないですよね？

「まぁ私が何を言いたかったかと言えば、奏との距離を縮めることを恐れるなってことさ。若いのに色々考えすぎなんだよ、キミは」

昔の私と同じようにね、と店長は最後に付け足した。

別にそんなつもりはない。その簡単な一言を言葉にすることができなかった。口ごもる俺に店長は慈愛に満ちた表情を浮かべながらポンと肩に手を置いて、

「家族の幸せも大事だけど、キミ自身も幸せになっていいんだ。むしろならなくちゃいけない。他でもない、キミの家族がそれを望んでいるんだからね」

「店長……」

そういえば祭にも〝ユイ兄はもっと自分の幸せを考えたらどうか〟って言われたことがあったな。

「雇っておいて言うのもなんだけど、状況は変わったんだしもうバイトをする必要はないじゃないかな？　それこそ週末は奏とデートでもしたらいいじゃない？」

「どうしてそうなるんですか。というかそもそも俺と姫宮さんはそういう関係じゃないですからね？」

「フフッ。わかったよ、今はまだそういうことにしておいてあげる。さて、無駄話はこのくらいにしてそろそろ店を開けようか！　日曜だから忙しくなると思うけど一日頑張ろうじゃないか！」

釈然としない終わり方ではあるが開店時間になってしまったから仕方ない。ＯＰＥＮの看板をさげに表に出ると、

「えへへ。おはよう、奥川君。暇だから来ちゃった」

噂をすればなんとやら。語尾にハートマークのついていそうなはにかんだ笑顔を

浮かべた姫宮さんが立っていた。

いつもの見慣れた制服とは違い、今日の姫宮さんの装いは美脚を強調する黒のタイトパンツにレースのあしらわれたベージュのリブニットカーディガンを羽織ったスタイル。

ただでさえ女子高生離れしたプロポーションを有しているのにいつも以上に色艶が増して見えるのは、普段は制服の下に隠れている綺麗なデコルテラインと見えそうで見えない魅惑の谷間のせいに違いない。チラリと覗く桜色の下着も目に悪い。

「来ちゃったじゃないよ、姫宮さん。というかこんな朝早くからどうしたの？　もしかして暇なの？」

「それはさすがに失礼じゃないかな？　今日は一日コーヒーを飲みながら読書がしたかった気分だったんだよ」

「あぁ……そう言えば喫茶店で本を読むのが趣味って前に言っていたよね。でも肝心の本はどこにあるの？」

姫宮さんの手持ちはノートが入るくらいの小さなバッグが一つだけ。本が入るとしても一冊や二冊程度が限界だろう。それで一日を過ごすのはさすがに無理じゃないか。

「フッフッフッ。甘いよ、奥川君。蜂蜜たっぷりのパンケーキより甘い！　本がなくてもこれさえあればどこでも本は読めるのさ！」

そう言って得意げな顔をして姫宮さんがバックから取り出したのはスマホとは別のタブレット端末だった。

「電子書籍って本当に便利だよねぇ。紙の本と違ってかさばらないし、どこでも自由に持って行けるし！」

「確かに、最近だとＷＥＢで連載している漫画もたくさんあるよな」

「そうそう！　しかもＷＥＢなら日付が変わった瞬間に配信されたりするから、朝になってコンビニダッシュしなくて済むしね！」

姫宮さんが週刊誌を買いにコンビニダッシュする姿は想像するだけで笑えて来るな。そこまでして読みたい作品があるのか。

「でも紙には紙の良さがあるからね。すごく好きな作品だと紙で買っちゃうんだよね。おかげで本棚はパンパンだよ」

「俺の家の本棚も似たような感じだよ。溢れないように同じ作品の場合は祭とシェアしているくらいだしね」

本音を言えばシェアはしたくないが場所もお金もないので我慢するしかない。こんなことで親にわがままは言えない。

「奥川君はどんな漫画を読むの？　バトルファンタジー？　それとも青春？　意外とラブコメとかだったりして？」

「そうだな……特にこだわりがあるわけじゃないけどファンタジー系が多いかな？　ラブコメも少しはあるけどその辺は祭のものが多いかな」

祭は俺以上に雑食だからな。ネットで試し読みして面白いと感じたらすぐに全巻集めようとする。購入資源は俺のバイト代から出ているので加減を覚えてほしいものだ。

「いつか奥川君の家に遊びに行きたいな。祭ちゃんともっと話したいし……そうだ！　いいこと思いついた！　今度の大型連休の時に――」

「ねぇ、唯斗君。いつまで油を売っているつもりかな？」

良からぬことを思いついた姫宮さんが提案する直前、呆れた顔をした店長が店の中から出てきた。

「いらっしゃい、奏。席は空いているから好きなところに座っていいからね。すぐにいつものコーヒーを持っていくから待ってて」

「は、はい……ありがとうございます」

「唯斗君は奏を席まで案内して。愛しのクラスメイトが来てたくさん話したいだろうけど仕事中だってことを忘れないように」

「はい……すいませんでした」

顔は笑っているが目は笑っていない店長に俺と姫宮さんは揃って気圧されてすごすごと逃げるように店内に入った。その後ろでやれやれと盛大にため息を吐いているのがまた怖い。

「アハハ……店長怒らせちゃったね。ごめんね、奥川君」

「姫宮さんが気にすることじゃないよ。それより席はどこにする？　見ての通り全席空席だから選びたい放題だよ」

なにせ本日のお客様第一号だからな。窓際からカウンター席まで選り取り見取りだ。

ちなみに店長を間近で見ることができるカウンター席は昼休憩のサラリーマンに人気だとか。

「今日はカウンター席にしようかな。そこなら店長とおしゃべりできるし、奥川君の仕事ぶりも眺めることもできるからね」

「人が真面目に働いているのを茶化すのは良くないと思うのだが？」

「フフッ、冗談だよ。漫画を読みながら奥川君が働いているところを一日じっくり見させてもらうね」

「それはそれで勘弁してくれ……」

何が悲しくて同級生に仕事をしているところを見られないといけないんだ。働き始めた頃は店に遊びに来た祭に何度も笑われた苦い思い出がある。

「私は笑ったりしないよ。一生懸命頑張っている人のことを私は笑わないしからかったりしない。絶対にね」

そう言って見たことないくらい真剣な眼差しで俺を見つめる姫宮さん。気まぐれな空模様のようにコロコロと表情を変えないでほしい。微笑んでいたと思ったら凛とした顔になるのは反則だ。

これから長い一日が始まるのに心臓が悲鳴を上げている。

「それじゃ奥川君。お仕事頑張ってね。応援してるよ」

「あ、ありがとう。姫宮さんもゆっくりくつろいでね。すぐにお水持って来るから。コーヒー以外に注文はある？」

「ううん、今はコーヒーだけで大丈夫。お腹が空いたらまた考えるよ。ありがとうね」

「わかった。何かあったらすぐに呼んでくれ」

それじゃと言ってから俺は彼女の下から離れてカウンターの中へ入ると、すでに戻って来ていた店長がニヤニヤ笑いながらジト目を向けてきた。

「唯斗君、仕事中はくれぐれも公私混同はしないように頼むよ。この店はキミ達がイチャイチャする場所じゃないんだからね」

「……言われなくてもわかっていますよ」

口を尖らせてぶっきらぼうに言うが、このやり取りすらも姫宮さんに見られていると思うと恥ずかしくてしょうがない。

そもそも姫宮さんはどうして俺が今日は朝からバイトで店に来ていることを知っていたんだ？　なんてことを考えながら俺は彼女の下へお冷を運ぶのだった。

＊＊＊＊

時刻はお昼を過ぎておやつの時間。

ミステリー小説では犯人は犯行現場に足を運ぶとよく言われているが、その例に漏れず俺のバイト情報を漏らした犯人は何食わぬ顔で喫茶店『マーブル』にやって来た。

「やっほー！　ユイ兄、遊びに来たよぉ！」

「ちょ、ちょっと祭ちゃん。そんな風に大きな声で唯斗さんの名前を呼んだら迷惑だからやめた方がいいよぉ」

我が物顔でずかずかと祭が入店してきた。その後ろには申し訳なさと恥ずかしさで俯いているノエルちゃんの姿が。

「いらっしゃい、ノエルちゃん。ごめんね、祭が迷惑かけて」

「い、いえ……祭ちゃんに振り回されるのは慣れているので大丈夫です」

そう言ってニコッと笑うノエルちゃんはまるで天使のように可憐で可愛かった。それに引き換え祭と来たら。純真無垢なノエルちゃんがどうして家（うち）の義妹と仲良くしてくれているのか未だに疑問だ。

「ちょっとユイ兄。私もお客様なんだけど？　ノエルちゃんばかり構ってないで私にも構ってほしいんだけど⁉」

「はいはい、いらっしゃいませお客様。空いている席に好きなようにおかけください」

「そういう区別は良くないと思うんだけど⁉　お客様は神様なのに区別するのは良

くないと思うなぁ！」

頬を膨らませながら地団駄を踏む祭。まったく、家を出る時はシエルちゃんの生配信を遅くまで観ていたせいで眠そうにしていたはずなのに元気百倍じゃないか。

「茶化しに来たっていうなら今すぐ帰れ。こうしている今も店長からの圧で死にそうなんだ」

横目でちらりとカウンターを見ると店長がニコニコ笑っているのが見えたが額に青筋を立てながら〝仕事しろ〟と口を動かしていた。これ以上祭達と話していたら雷が落ちてきかねない。

「まぁ茶化しに来たわけじゃないって言えばウソになるけど、ノエルちゃんがどうしても行きたいって言うから！」

「え、ノエルちゃんが来たいって言ったの？」

「ごめんなさい、唯斗さん！　祭ちゃんに無理を言ったのは私なんです。唯斗さんは働いているところを見られるのは嫌がるって聞いていたんですけど、私がどうしても見てみたくて……」

そして再びごめんなさいと言ってからノエルちゃんはぺこりと頭を下げた。その殊勝な姿に俺の中に罪悪感がドスンとのしかかってきた。華奢な肩も心なしか震えているし、それこそ泣き出しそうな気配すらある。

「俺の仕事しているところを見ても別に面白くも何ともないと思うよ？」

「そんなことないです！　前に祭ちゃんから唯斗さんが働いている写真を見せてもらったんですけどそれがすごく、その……カッコよくて……一度でいいから見たいとずっと思っていたんです！」

瞳に涙を浮かべながら消え入りそうな声で一生懸命に話すノエルちゃん。カッコイイかは別にして、ここまで言われてダメだと言うほど俺の心は狭くない。

それにすでに同じような理由の先客がいるので一人二人増えたところで大差はない。

「名誉のために言っておくけど今日はやめようって私は何度も止めたからね？　でもノエルちゃんがどうしてももって聞かなくて……」

「なぁ、祭。どうして今日だとダメなんだ？」

「ギ、ギクゥ⁉」

今時漫画でも滅多に見なくなったわかりやすい古典的なリアクションをする祭。

この反応が意味するところは、今日『マーブル』にノエルちゃんが来ると何か良くないことが起きると予想したと考えるのが正解だろう。

その原因として考えられることは一つしかない。何故か俺が朝から店にいることを知っていて開店と同時にやって来た本日のお客様第一号。すなわち——

「奥川君、コーヒーのお代わり貰えるかな？」

カウンター席で静かに漫画を読んでいた姫宮さんが目の前にいる店長ではなくわざわざ俺に注文を頼んできた。

「……念のため確認しておくぞ。姫宮さんに俺のシフトを教えたのはお前だな、祭？」

有無を言わせぬ圧力を言外に込めて俺は祭を問い詰めた。基本的に俺は怒らない優しいお兄ちゃんだがそれにだって限度はある。

「アハハハ……はい、犯人は私です」

「祭は俺が困っているところ見てゲラゲラ笑いたいのか？　そういう悪趣味な性格だったのか？　もしそうなら俺は凄く悲しいぞ」

「ち、違うよユイ兄！　確かにユイ兄が困っている様子をほんの少し、ちょっぴり、見たかったのは認めるけどすべてはユイ兄のためを思ってのことなんだよ！」

信じてよぉと縋（すが）りついてくる祭を俺は全力で引き剝がす。何をどう考えたら姫宮さんに俺のシフトを伝えることが俺のためになるのかまったくもって理解できない。

むしろ朝からドキドキさせられたり店長に怒られたりで逆効果だ。

「ねぇ、奥川君。大好きな妹の祭ちゃんとお話しするのが楽しいのはわかるけど私の注文を無視しないでほしいんだけど？」

むぅと頬を膨らませながら姫宮さんが抗議の声を上げる。不謹慎なのは百も承知だが拗ねて怒っている姫宮さんは控えめに言ってすごく可愛い。写真を撮って学校で売り飛ばしたら一儲けできるんじゃないか？

「ユイ兄、そこは〝俺だけの宝物にしたい〟って言うところだと私は思うよ？」

「真顔で歯の浮くようなセリフを言うな。俺はお前が読んでいる少女漫画に出てくるイケメンじゃないんだよ。というか俺が何を考えているかわかるのか？」

「まぁね。だってユイ兄は考えていることが顔に出やすいから。大方姫宮先輩のフグ顔を写真に撮って販売したら小遣い稼ぎになるとか考えていたんでしょう？　もう、我が義兄ながら最低の発想だよ！」

「まぁ確かに一瞬考えたけど、他の奴らにあの顔を教えるくらいなら独占したい欲の方が強いからな？　俺だけが知っている姫宮さんの素顔を他の男に教えるのは――」

癪（しゃく）だ、と言おうとしたところで自分の過ちにようやく気が付いた。

どうやらまた無意識のうちに頭の中で考えていたことを口に出してしまった。

「ハァ……ホント、ユイ兄って時々ぽんこつになるというか、スケコマシになるというか……よくもまぁ本人を前にして歯の浮くようなセリフを言えるよね」

やれやれだよとわざとらしく肩をすくめる祭。

悔しいが今回ばかりは何も言い返せない。ぐうの音も出ないとはまさにこのことだな。姫宮さんに聞かれていないことを願うばかりだが、

「もう……奥川君って突然とんでもない爆弾を放り投げてくるよね。もしかしてキミは私のことを照れ死させたいドSさんなの？」

そんな都合のいいことは起きませんでした。しっかりばっちり姫宮さんに聞かれていました。

頬を真っ赤に紅潮させ、嬉しそうに口元を緩ませて身体をくねくねとしながら近づいてくる。今の姫宮さんは校内で男女問わず大人気のイケメン美少女王子様と同一人物とは思えないな。

「……ねぇ、唯斗さん。一つお伺いしたいことがあるのですがよろしいですか？」

俺が内心で恥ずかしさに悶えていたら、突如背筋が凍るようなどす黒い声でノエルちゃんが尋ねてきた。

慌てて振り返ると、そこにいたのはビスクドールのように可憐な美少女ではなく、宝石のように美しい碧眼を真っ黒に染めた悪魔だった。

祭があちゃあと呟きながら顔に手を当てて天を仰ぐので、どういうことか説明してもらうと声をかけようとしたのだが、

「唯斗さん、そちらにいらっしゃる女性はどなたですか？　以前彼女いない歴＝年齢だとおっしゃっていましたがもしかして恋人ですか？　もしかして私に嘘をついていたんですか？　どうなんですか？　詳しく説明してください」

明らかに怒っているのにニコニコ笑いながら突然丁寧な言葉で問い詰めてくるノエルちゃん。しかも今の彼女の瞳は最近クラスメイトから向けられる殺気がそよ風のように思えるくらい底なし沼のように暗く重たい。ホラーゲームに登場するラスボスの貫禄すらあるぞ。

「お、落ち着いてノエルちゃん！　あの人はまだユイ兄の恋人じゃないから！　ほら、電話で話したでしょう？　とんでもない美少女がいるって！」

待つんだ祭は。お前は口を開かない方がいい。この状況で〝まだ恋人じゃない〟っていうのは火に油を注ぐだけだ。現にノエルちゃんの顔はますます険しくなっている。だが祭はそんなことに気付かず宥めようと必死に言葉を口にする。

「あぁ……そう言えば入学してすぐの頃に連絡先を交換したって言っていましたね。それがあの方なんですか？」

「それがあの人なんだよ！　名前は姫宮奏さん。私の通っている天乃立高校の有名人で、ユイ兄とはただのクラスメイトで、王子様って呼ばれているイケメン美少女なの！」

「そうですね……祭ちゃんのおっしゃる通り確かに私と違って大人びた印象の女性ですね。ですがあのふにゃけた笑顔は王子様というよりは運命の人を見つけたシンデレラのようですよ？」

「えっと……それは、その……確かにそうだよね……うん、私もそう思う」

ノエルちゃんのド正論に祭は呆気なく白旗を上げた。もう少し頑張れよ。

「さて、唯斗さん。説明頂けますよね？　あちらの姫宮さんとは本当はどういうご関係なのか」

「いや、俺と姫宮さんは別にそんな特別な関係ってわけじゃ……」

「奥川君、この期に及んで隠し事は良くないと私は思うなぁ」

俺の否定しようとする言葉に被せるように姫宮さんが言いながら、魔王に単独で立ち向かう姫騎士のようにノエルちゃんの前に立った。

その表情は腑抜けたものではなくいつものように凛としており、口元には不敵な笑みも浮かんでいた。

「初めまして。私の名前は姫宮奏と言います。よろしくね、えっと……？」

「こちらこそ、初めまして。夢乃ノエルと申します」

「よろしくね、ノエルちゃん。それで唯斗との関係だけど、祭ちゃんが話していた通り今年からクラスメイトになったんだ。今は席も隣同士。恋人ってわけじゃないけど、私の家に来て一緒に夕飯を食べるくらいの仲だよ」

ドヤ顔で勝ち誇ったように言いながら胸を張る姫宮さん。

どうしてだよぉ！　どうして祭といい姫宮さんといい火に油どころか一斗缶をぶちまけるような言い方をするんだよぉ!?　右往左往する俺がそんなに見たいのか!?

あとしれっと名前で呼ぶのはドキッとするからやめてくれませんかね。

「そういうノエルちゃんは唯斗とはどういう関係なのか教えてほしいな。見たところ彼の恋人ってわけではなさそうだけど？」

「わわわ、私が唯斗さんの恋人!?　そそそ、そんなわけないじゃないですか!?　もちろん、そうなったらいいなって何度も妄想、じゃなくて想像、でもなくて考えたことはありますけど……」

姫宮さんのカウンター攻撃をもろに浴びたノエルちゃんは目を白黒させながら早口でまくし立てる。

　おそらく本人は自分でも何を言っているかわかっていないと思うので、俺は何も聞かなかったことにしようと心に誓う。

「フフッ。それなら私とノエルちゃんはライバルだね。これは負けられないな」

「わ、私も負けません！　唯斗さんのお嫁さんになるのは私です！」

　さすがにお嫁さんは話が飛躍しすぎじゃないかと思うが、ここで俺が口を挟むとノエルちゃんのパニックが悪化しかねないので黙っておこう。

「おめでとう、ユイ兄にもついにモテ期が来たね。美少女二人に好意を寄せられる気持ちはどうですか？」

　バチバチと火花を散らす美少女二人を尻目に、愉悦に顔を歪ませながらグリグリと肘で俺の脇をつついてくる祭。他人事だと思ってこの状況を楽しんでいるのが非常に腹立たしい。

「どうもこうもあるか。これがモテ期だっていうならこっちから願い下げだ。そんなことより早くこの状況を何とかしてくれ。このままだと仕事にならない」

「ねぇ、唯斗君。これは独り身の私に対する嫌がらせかな？　実は俺はモテるんだぜアピール？　シバくよ？」

「……誤解です、店長。それはもう盛大に誤解しています。俺は別にモテませんしアピールもしていません」

額に青筋を浮かべ、顔には紛(まが)い物の笑顔を張り付けた店長が理不尽なことを言う。俺は即座に反論したのだが店長はため息を吐きながらやれやれと肩をすくめて、

「ならこの状況をどう説明する？　どこからどう見てもキミを取り合う美少女の二人の構図じゃないか」

「店長さんの言う通りだよ、ユイ兄。この期に及んで言い訳するなんて見苦しいよ！　むしろ姫宮先輩とノエルちゃんに言い寄られて何が不満だって言うのさ！」

「いや、これは売り言葉に買い言葉なんじゃないか？」

現にノエルちゃんに話しかけた時の姫宮さんは王子様モードで口調もどこかわざとらしかったし、ノエルちゃんも慌ててあることないこと口走ってしまっただけのこと。何の取り柄もない俺を二人のような絶世の美少女が好きになるはずがない。

「ここまでくると鈍感とかの問題じゃないね。唯斗君の自己肯定感があまりにも低すぎてドン引きするよ」

「やっぱり店長もそう思いますか？　ユイ兄の唯一にして最大の欠点なんですよね

……自分より家族を大事にするのはいいんですけど、もっと自分の幸せを考えてほしいのに……」

そう言って店長と祭は深いため息を吐いた。他人に誇れるものはないし、家族を第一に考えるのは当然のことじゃないか。それの何がいけないんだ。

「ホント、唯斗君がこの調子だと二人は苦労しそうだね。祭ちゃん、頑張ってね」

「はい！　私がユイ兄の背中とケツを蹴っ飛ばしてリア充にしてみせます！　その時が来たら店長には仲人としてスピーチしてもらいますから覚悟しておいてくださいね！」

「フフッ、わかったよ。その日が来たら是非とも私がマイクの前に立とうじゃないか。誇張してあることないこと話してやる」

気が早いとか以前の話をしないでほしい。あと万が一そういうことになったとしても店長にスピーチを頼むのは絶対にやめよう。俺はそんなどうでもいいことを心に誓うのだった。

＊＊＊＊

「それじゃ店長、お先に失礼します」

「一日お疲れ。気を付けて帰るんだよ」

時刻は夕方18時を過ぎたところ。バイトを始めてから一、二を争うくらい大変な一日だったが何とか乗り切ることができた。とはいえ心身ともに限界なので今日はシエルちゃんの配信は観ずに早く寝るとしよう。

「残念だけどそうは問屋が卸さないよ、奥川君。今夜は寝かさないから覚悟してね？」

アイドルを出待ちするかのように店の前で姫宮さんが立っていた。夕陽を背に凜々しい顔でカッコいい台詞を言う姿は様になっている。

「……それは本来男の俺が言うセリフであって姫宮さんが言うことじゃないよね？　というかどうして店の前にいるの？　祭達と帰ったんじゃなかったの？」

ノエルちゃんと謎の言い争いをした後、何故か意気投合した二人は祭を交えてテーブル席で楽しそうに談笑を始めた。

残念なことに店が混み始めたこともあって三人がどんな話をしていたかは聞き取ることはできなかったが仲良くなるならそれに越したことはない。どんなことを話したかは家に帰ってから祭に聞けばいい。素直に話してくれるかはわからないが。

「私も帰ろうとはしたんだけどね。でも途中で読んでいる漫画の最新刊が発売していることを思い出して途中で別れたの。それで本屋に立ち寄って、色々見ているうちに奥川君の退勤の時間になったから戻ってきたんだよ」

「……でも本当のところは違うだろう？」

「本当は奥川君と二人きりになりたかったの。ダメ、かな？」

「……ダメじゃない」

上目遣いで甘く囁くように言われたら断れない自分の意思の弱さが憎い。このまだと本気で勘違いしそうになる。

「ありがとう、奥川君。それじゃ帰りましょうか」

はい、と手を差し出してくる姫宮さん。この仕草が何を意味しているのかわからないわけではないが念のために聞いてみることにしよう。間違っていたら大変だからな。

「えっと……姫宮さん、その手は何でしょうか？」

「もう、わざわざ言わないとわからない？　それともわざと言わせて私を恥ずかしがらせようとしてるのかな？」

「いや、別にそんなつもりは……」

「それとも奥川君は手を繋ぐよりもこっちの方がお望みかな？」

えいっと可愛く言いながら俺の腕に姫宮さんが抱きついてきた。突拍子のない行動に俺の脳はオーバーヒートを起こして悲鳴を上げる。

服越しに感じる姫宮さんのマシュマロのように柔らかく、それでいて弾力のある魅惑の果実の感触に俺の理性は全滅寸前だ。

「ちょ、姫宮さん⁉　あなた本当に何を考えているんですか⁉」

「奥川君との距離をもっと縮めたいの！　せっかく隣同士の席になったのに奥川君ってば素っ気ないし、いつも前の席の高梨君と話してばかりで私とは全然喋ってくれないんだもん！」

お願いだから〝だもん〟と言いながら頬を膨らませないでください。可愛すぎるので今すぐ抱きしめて頭を撫でたくなるじゃないか。そんな欲求を俺はなけなしの理性を総動員して抑え込む。

「それに今日会ったノエルちゃん……私と違ってすごく可愛い子だったたし、奥川君も心を許している感じがしたから羨ましくて……私だって奥川君のこと名前で呼びたいし名前で呼んでほしいのに……」

そう言って俯き、ぐすんと鼻をすする姫宮さん。祭やノエルちゃんと楽しそうに談笑していたと思ったら内心ではそんなことを考えていたのか。

「そりゃノエルちゃんとは知り合ってもうすぐ一年経つからね。それに祭の友達でもあるからもう一人の妹みたいで可愛いんだよ。でも姫宮さんとはまだ知り合って一ヶ月も経ってないし、ちゃんと話すようになったのは最近だろう？　だから俺もどうしたらいいか戸惑っているんだよ」

「戸惑っているってどういうこと？　もしかして私と一緒にいるのが迷惑ってこと？」

普段は威風堂々とした立ち振る舞いをしている姫宮さんがネガティブ思考で弱っている姿は不謹慎かもしれないが庇護（ひご）欲がふつふつと湧き出てくる。

「迷惑だったら腕に抱き着かれた時点で振りほどいているよ。ただ俺としてはもう少し時間をかけて親睦を深めていきたいというか、いきなり腕を組まれたら勘違いしちゃうというか……」

要するに俺が言いたかったことは段階を踏みましょうってことなのだが、そのことがちゃんと伝わっただろうか。

「私としては勘違いしてくれて一向に構わないのだけど……でも今日のところは奥川君が私と親睦を深めたいって言葉を聞けただけでも良しとしようかな」

「納得してもらったところでそろそろ離れてくれませんかね？　いい加減恥ずかしいというか理性が限界というか……」

たわわな果実に挟まれている我が右腕はかつてないほどの幸福を享受しているが、もしもこの現場を知り合いに見られたらと思うと気が気じゃない。もちろん理性君もそろそろ限界ではあるのだが。

「フフッ。それとこれとは話が別だよ。解放してほしかったら私のお願いを聞いてくれるかな？」

「……わかった。聞こう」

「身構えなくても大丈夫だよ。すごく簡単なことだから。私のこともノエルちゃんみたいに名前で呼んでほしいってだけだから」

「……それは今だけの話？　それともこれからずっと？」

そう俺が尋ねると、姫宮さんは一瞬驚いた顔をしてから俯きながら小さな声で〝ずっとでお願いします〟と呟いた。

普段は戦乙女のように凜々しい美少女が、顔だけでなく耳まで赤くしながら祈るように言われて断れる男がいるだろうか。もしいたら可及的速やかに俺の前に連れて来てほしい。説教してやるから。

「私もノエルちゃんや祭ちゃんのように奥川君との距離を縮めたいの。そのためにはやっぱりお互いに名前で呼ぶのが一番かなって……」

「ん？　ちょっと待って。今〝お互いに〟って言った？　それじゃもしかしてこれから俺のことは――」

「うん……これから唯斗って呼んでもいいかな？」

ズッキューン!!　という効果音が俺の頭の中で響いた気がした。あざとい上目遣いで懇願するのは反則、禁じ手、チート技だ。素直に〝うん〟と頷く以外の選択肢はこの世に存在しない。

「えへへ。ありがとう、唯斗！」

夕陽を背に、向日葵のような屈託のない笑顔を浮かべる姫宮さんはまるで絵画から飛び出てきた女神様のように綺麗で目が離せない。

この笑顔を独占できるなら俺は何だってする。そんな独善的な欲望が芽生えてくるほど、姫宮さんの微笑みは魅力的だった。

「それで、いつになったら唯斗は私のことを名前で呼んでくれるのかな？　呼んでくれなきゃ離れないよ？　早くしないと呼んでくれても離れなくなるよ？　それでもいいの？」

「わかった！　わかったらこれ以上密着するな！　胸を押しつけてくるな！」

「祭ちゃんに聞いたけど唯斗って巨乳好きなんでしょう？　しかも頼れるお姉さん系の物ばかりなんだってね？　残念ながら私は年上のお姉さんじゃないけどそれ以外は満たしていると思うんだけどなぁ？」

　小悪魔みたいにニヤニヤしながら言うんじゃありません！　だけど姫宮さんって実はストライクゾーンど真ん中じゃないかと冷静に考える自分もいるのが非常に悔しい。

「ほら、唯斗。早く名前で呼んで？　それとも唯斗はこうしてずっと胸を押しつけられていたいむっつりさんなのかな？」

　耳元で甘く囁く姫宮さん。その愁いを帯びた甘美な声音に背筋にビリビリッと電流が迸り脳は思考を放棄する。このままではいけない。

「お、落ち着いて姫宮さん。ここは家じゃなくて外だからこれ以上はまずいって！」

「やめてほしかったら一秒でも早く親しみと愛情をこめて私の名前で呼ぶことだね。簡単なことでしょう？」

「うぅ、くっ……わかった。わかりました！　色々限界だからこれ以上からかうのはやめてくれ、奏さん」

容赦ない攻撃に俺はついに白旗を上げ、羞恥に悶えながら彼女を名前で呼んだ。初めて義妹の祭やノエルちゃんの名前を口にした時は何とも思わなかったのに今は顔から火が出そうなくらい恥ずかしい。

「ほら、名前で呼んだんだから早く離れてくれ！」

「もう一回！　もう一回呼んで！　そうしたら満足できるから！」

お願いと言いながら俺の肩を摑んでガクガクと揺らしてくる奏さん。たわわな果実から解放されたが距離が近いことには変わりない。そろそろこの如何（いかん）ともし難い状況に決着をつけるべく、俺は一つ深呼吸をしてから真っ直ぐに彼女の瞳を見つめる。

「奏さん、名残惜しいけど離れてくれると助かる。これ以上密着されたら俺も我慢できなくなる」

「な、何を我慢できなくなるの？」

期待と不安が入り混じった複雑な表情で奏さんが尋ねてくる。ここしかない。

散々からかってきた仕返しをしてやる。

俺は心の中でもう一度深呼吸をしてから奏さんの顎にそっと手を添えてクィっと

持ち上げながら、

「奏さんをギュッて抱きしめたくなることを、だよ。だから離れてくれるかな?」

「――――!!?? は、はい……わかりました……」

プシュゥと頭から湯気が出そうになるくらい顔から首まで真っ赤にした奏さんが消え入りそうな声で言いながら俺から身体を離した。

やれやれ、これで一安心だな。

我ながらとんでもなくキザな台詞を口にしたものだと思うがこうでもしないと奏さんはずっと調子に乗って俺をからかい続けたことだろう。そうなれば俺の中の抑圧された狼が目を覚まして何が起きるかわからない。

「まさか唯斗がここまでするなんて……完全に予想外だよ……」

「奏さんが調子に乗るからだよ」

「うぅ……今の唯斗の言葉、録音しておけばよかった。ねぇ、もう一度言ってくれないかな?」

名前で呼ぶだけでも恥ずかしいって言うのに歯の浮くような台詞を素面で言うのは無理だ。俺はラブコメ主人公じゃないからな。

「勘弁してくれ……」

その後、駄々っ子と化してしまいには地団駄を踏みだした奏さんを宥めるのにひと悶着があったのは言うまでもない。

# 第5話：王子様とお泊り勉強会（計画編）

四月下旬。珍しく家族全員揃って朝食を食べながらテレビを見ているとゴールデンウイーク特集が始まった。

「そうか、もうすぐゴールデンウイークか……」

俺はトーストにジャムを塗りたくりながら呟く。黄金色に輝く大型連休が目と鼻の先に迫っているが悲しいことに俺の予定は真っ白。決まっていることとしたら夜更かしして惰眠を貪るか適度にバイトを入れて汗水流すくらいだ。

ちなみに妹の祭は家に引きこもってVチューバーのシエルちゃんの生配信を観るそうだ。それでいいのか、女子高生。

「ねぇ、今年もママはゴールデンウイーク休みなしなの？」

「残念ながらその通り。盆暮れ正月どこ吹く風、年中無休のブラック体質でホント嫌になっちゃうわ」

　重たいため息を吐きながら母さん――名前は奥川明美という――はバターをたっぷり塗ったトーストを齧る。

「ねぇ祭ちゃんパパの予定は聞いてくれないの？　ちなみにパパのゴールデンウイークの予定はね――」

「はいはい。どうせ取引先の人と接待ゴルフでしょう？　言わなくてもわかっているから大丈夫だよ」

「娘が辛辣すぎる⁉　唯斗、慰めてくれ！」

「そこは俺じゃなくて母さんに慰めてもらえばいいじゃないか。というかいい加減子離れしろよな……」

　素っ気なく言うと父さん――名前は奥川元昭という――は、がっくりと肩を落として涙をこぼす。

　父さんにとって祭は目に入れても痛くないくらい可愛い娘だから構ってほしいのだろうが、思春期真っ盛りの祭にすれば鬱陶しいだけだよな。現に落ち込む父さんを見てドン引きしているし。

「ユイ兄の言う通りだよ、パパ。私だっていつまで経っても子供じゃないし、一企業の社長が娘に対してかまってちゃんをするのはどうかと思うよ？」

家では娘が好きで好きでしょうがない父さんだが、こう見えて実は一から会社を立ち上げて業績も右肩上がりを続けているやり手の実業家だ。

会社の事業内容はＩＴサービス業やアプリ開発を主に手掛けており、子会社としてＶチューバー専門の運営事務所を抱えている。

そんな母さんと父さんの出会いはＶチューバー運営事務所の立ち上げスタッフ募集の面接の時。互いにパートナーを早くに病気で亡くしていること、子育てを一人でしていることもあり意気投合するのに時間はかからなかった。

ちなみに母さんは今もＶチューバー運営事務所でマネージャーとして働いている。

「二人ともごめんね。今年こそはと思っていたんだけど忙しくて中々まとまった休みが取れないのよ。それもこれも人手が足りないせいなんだけど、いつまで経っても人員を補充してくれなくてね……チラッ」

「……本当に済まないと思っている」

母さんの威圧に素直に頭を下げる父さん。これではどっちが上司かわからないな。

「私もお父さんもきっと泊り込みになると思うから今年も二人で仲良く過ごしてね。お友達を呼んでお泊りパーティしてもオッケーよ！」

「本当⁉　それならノエルちゃんを呼んでお泊り会してもいい⁉」

もちろん、とウィンクしながら答える母さん。気軽に許可を出さないでくれ。祭一人で留守番しているならまだしも男の俺もいるんだぞ？

思春期真っ盛りの男子高校生がいる家にノエルちゃんみたいな美少女が泊りに来るのはどうかと思う。何か起きてからではまずい。まぁ妹の親友に手を出すような真似は絶対にしないけど。

「でもノエルちゃん、ゴールデンウイークは毎年家族で海外旅行に行っているからお泊りは無理かも……」

「そんなに誰かをうちに呼びたいのか？　別に無理してお泊り会をする必要なんて……」

「そうだっ！　姫宮先輩なんてどうかな⁉　あの人なら誘えば絶対に来てくれるよ！　しかも姫宮先輩はシエルちゃん推し！　一緒に生配信で盛り上がれるから一石二鳥！　いや、三鳥くらいの価値はあるよ！」

「一石二鳥どころの話じゃない。奏さんを我が家に泊めるのはそれこそ百害あって一利なしだ」

俺は呆れながらツッコミを入れるが、初めて聞く名前にゴシップ好きな母さんが食いついた。最悪だ。

「ねぇ、祭。姫宮先輩って誰なの？　もしかして唯斗の初恋の相手？　それともすでにお付き合いしてたりして？」

「姫宮先輩はユイ兄のクラスメイトで、クールでカッコよくて王子様みたいなんだけどとびきりの美少女なの！　春休みにナンパされて困っていたところをユイ兄に助けてもらって一目惚れしたって言ったよ！」

あぁ、頬を朱色に染めながら赤裸々に祭やノエルちゃんに語っている奏さんの姿が容易に想像できる。

「写真は⁉　祭、唯斗にぞっこんの姫宮先輩の写真は持ってないの⁉　あるなら見せて！」

「母さん、少し落ち着いて」

「落ち着いていられるわけないでしょう⁉　これまで恋愛のれの字にも興味なかったのに、いつの間にか恋人候補を作っているんだから確認しないわけにはいかないでしょう⁉」

「フッフッフッ。ママならそう言うと思ってしっかりばっちり写真撮ってきたから安心して！」

そう言って祭は手早くスマホを操作して撮影した写真を画面に表示してドヤ顔で突き出してきた。そこに映し出されていたのは可愛い猫の耳と髭の加工が施された奏さんが笑顔でピースをしている一枚だった。ナニコレ可愛い。

「あらあらまぁぁまぁ！　この子が唯斗に一目惚れしている姫宮先輩⁉　すごく可愛い子じゃない！」

「でしょでしょ⁉　ノエルちゃんも天使みたいですごく可愛いんだけど姫宮先輩は女神様みたいな綺麗な人なんだよ！　学校で見かける時は凜としていて大人な女性って感じなんだけど、ユイ兄の話をするときはものすごく乙女になって可愛いんだよ！」

キャァアと両手を頬に当てて黄色い悲鳴を上げる祭と母さん。まだ早朝だっていうのに女性陣のテンションはすでに最高潮に達したようだ。こうなってしまっては手の付けようがない。

「こんな可愛い子が唯斗に一目惚れするなんて……世の中何が起こるかわからないわね」

言うに事欠いて実の息子にその言い草はあんまりだと思うが、俺自身未だに戸惑っているので悔しいが何も言い返せない。

「唯斗は姫宮さんのことをどう思っているのかしら？　好きなの？」

「わぉ！　ママってばド直球にいくんだね。様子見とかしないの？」

「こういうことは回りくどく聞くより真っ向勝負を仕掛けるのが一番なの。さぁ。唯斗。そろそろ時間も危なくなるからキリキリ答えなさい！」

ずいっと顔を近づけてくる母さんとニヤニヤと人の悪い笑みを浮かべる祭。そして我関せずの父さん。切り抜けるのは答えるしかないこの状況はまさしく四面楚歌。けれど泣き言を言っても始まらない。

俺は大きく深呼吸をしてから精一杯言葉を絞り出す。

「奏さんのことを好きかどうか聞かれたら俺の答えは〝まだわからない〟だよ。なにせこんなことは初めてだからさ。俺も色々戸惑っているんだよ」

なにせ俺は恋愛経験がほとんどない。家族に向ける好き以外の感情がどんなものなのかよくわかっていない。

ただこれだけははっきり言える。奏さんに抱いている想いは生まれて初めてのものだ。もしもそれが恋だというのなら、俺はきっと――

「二人とも、その辺にしてあげなさい。これ以上問い詰めたら唯斗はオーバーヒートして倒れてしまうよ？」

絶体絶命の大ピンチにまさかの援軍が現れた。父さん、ありがとう。

「むぅ……本当はもっと根掘り葉掘り聞きたかったけどお父さんの言う通りね。ここは息子の初恋を大人しく応援することにするわ。祭もそれでいいわね？」

「私としてはいつから姫宮先輩のことを〝奏さん〟って呼ぶようになったか聞きたかったけどママがそういうなら我慢しまーす」

やれやれ。ようやくこれで落ち着いて朝食を食べられるな。焼きたてだったパンはすっかり冷めたけど我慢するしかないか。

「唯斗、父さんから一つだけいいか？」

「……なに？」

「姫宮さんの好意に付け込んで泣かすような真似だけは絶対にするなよ？」

父さんの表情は真剣そのもの。その瞳には殺気にも似た強い感情が宿っており、もしも彼女を泣かすような不埒なことをしたら絶対に許さないと無言の圧を放っている。

祭にぞんざいに扱われて嘆くポンコツな父さんがこんな真面目な顔をするのは初めて見た。だが俺は驚きこそすれ臆することなく、父さんの目をじっと見ながら断言した。

「わかってる。彼女を悲しませるようなことはしないよ。絶対に」

「ハァ……カッコイイこと言っているのに好きかどうかわからないなんて……ユイ兄の恋愛レベルは小学生以下だね」

やれやれと呆れた様子で肩をすくめる祭に手刀を落とすのを我慢するのが大変だった。

＊＊＊＊＊

朝から思わぬ尋問を受けたせいで根こそぎ体力を奪われた。これから長い一日が始まるというのに憂鬱だ。

「えっ、私のゴールデンウイークの予定？」

新学期が始まって間もなくひと月。祭と一緒に登校するのはまだいいとしても今日は何故かわからないが奏さんも一緒に並んで歩いている。

たまたま一人で歩いている奏さんを見かけた祭が声をかけたのだが、果たしてこの合流は偶然なのだろうか。

「はい！　もしお暇でしたら我が家に泊りに来ませんか？　ゴールデンウイーク中、

両親は仕事で不在なんです。どこにも出かけられず、ユイ兄と家で過ごすのも悪くはないんですけどさすがに一週間ともなると……」

「だから誰か遊びに来てほしい、ってわけね。しかも休みだから泊りもオッケーってわけね？」

「さすが姫宮先輩、理解が早くて助かります！　お泊りについてはママとパパから許可は得ているので安心してください！」

　グッと拳を作りながら力強く話す祭の頭に俺は容赦なく手刀を落とす。この話のどこに安心できる要素があるというのか。それと奏さんを呼ぶのは——主に俺の理性にとって——害しかないと言ったはずだろうに！　三歩歩けば忘れるひよこさんなのか⁉

「ふぅん……それってつまり唯斗と一つ屋根の下で一夜を過ごすってことだよね？　そういう理解でいいんだよね？」

「そういう理解で問題ありません！」

「問題しかないしそういう理解じゃ困るんだけど⁉」

　奏さんと一つ屋根の下で一夜を過ごすって考えただけで頭が沸騰しそうになる。まぁ俺が大人しく自室に籠(こも)ってさえすれば何も起きないと思うけど。

「どうして ダメなのさ⁉　私は姫宮先輩とシエルちゃんについて夜通し熱く語り合いたいの！」

「わがままを言うんじゃない。そもそも奏さんにも予定とか色々あるだろうが。そう言うのを全部無視して話を進めるんじゃありません」

そう言って俺はもう一度祭の頭にペシっと手刀を落とした。それから奏さんに視線を向けてぺこりと頭を下げる。

「ごめん、奏さん。全部祭のたわ言だから気にしないで。というか忘れてくれ」

「申し訳ないけどそれはできない約束だね。なにせ私も祭ちゃんと一度シエルちゃんについてじっくりと語り合いたいと思っていたからね」

「……はい？　奏さん、あなた何を言っているんですか？」

「フフッ。決まっているでしょう？　今年のゴールデンウイークは唯斗の家でお世話になりますってこと。一晩でも二晩でも語り合おうね、祭ちゃん」

「さすが姫宮先輩！　先輩ならそう言ってくれると信じていました！　これで今年のゴールデンウイークは退屈しないで済みそうです！」

やったぁと叫びながらジャンプして大喜びする祭。恥ずかしいから道の往来ではしゃぐのはやめなさい。

「男の子の家に遊びに行くのもお泊りに行くのも初めてだから私も今から楽しみだよ。あ、お泊りセットの準備をしないといけないかな？」

「大丈夫ですよ、姫宮先輩。必要なパジャマ類は可愛い物をこっちで用意しておきますから！　当日は手ぶらで構いません」

「ありがとう。ならお言葉に甘えさせてもらおうかな。あっ、でもさすがに手ぶらってわけにはいかないよ。下着とかは必要だからね」

「……そうですね。下着だけは自前で用意していただけると非常に助かります。主に私の精神的な意味で……」

最高にハイなテンションから急降下してどす黒いオーラを放ち始める祭。両手を自身の胸に当て、制服の上からでもわかる奏さんのたわわな果実と比べて重たく淀んだため息を吐く。

「チクショウ……毎日寝る前に牛乳飲んでいるのにどうして私の胸は大きくならないの⁉　教えてよ、ユイ兄！」

「よし、少し黙ろうか？　そういうことは通学路で叫ぶことじゃないからな？　あと俺に聞くな。そういうことは奏さんに聞け」

「私に聞かれても困るよ⁉　私よりすごい文香に聞くのがいいと思うよ⁉」

俺の無茶ぶりにさすがの奏さんも軽くパニックを起こす。確かに椎名さんは奏さん以上の胸部装甲を持っているからな。

「私から言わせれば姫宮先輩も十分巨乳です！　秘訣は何ですか？　規則正しい生活ですか？　それとも恋をするとか⁉　恋人に揉まれたら大きくなるって本当ですか？　まさかすでにユイ兄とそういう関係に……⁉」

祭の爆弾発言に歩いていた生徒達がぎょっとして一斉に視線を向けてきた。気持ちはわかる。俺が同じ立場だったら同じように立ち止まって話を盗み聞こうとしただろう。

「祭ちゃん⁉　ななな、何を言っているかな⁉　私と唯斗はまだそういう関係じゃないし、何事にも順序というものがあって……私としてはまずは手を繋ぐところから始めてキスをして、そしてゆくゆくは……って何を言わせるのさ！　唯斗のバカ！」

「さすがに理不尽が過ぎる！」

顔を真っ赤にしながら俺の肩をバンバンと奏さんが叩いてくる。地味に痛いからやめてほしい。あと妄想を口にするならもう少し声を抑えてくれ。おかげで俺に向けられる嫉妬の圧が尋常じゃない。

『なぁ、今の姫宮さんの発言聞いたか？　奥川とはどういう関係なんだ？』

『一緒に登校している時点で怪しいが、手を繋ぐとかキスとか言うってことは……まさか姫宮さんの好きな人って⁉』

『可愛い妹を侍らせるだけに飽き足らず姫宮さんまで……許すまじ、奥川唯斗ぉ‼』


メラメラと嫉妬の炎を滾らせる男子達。最近は鎮火して静かになっていたのにこれでは逆戻りどころか悪化している。


『姫宮さんが恋する乙女の顔になってる……すごく可愛い』

『まずは手を繋ぐところか始めたいなんて……姫宮さんって意外とピュアね……すごく可愛い』

『いいなぁ……私も素敵な恋がしたいなぁ……』


対する女子達は頰を朱色に染め、どこかうっとりとした表情を浮かべて奏さんを見つめながら譫言(うわごと)のように〝可愛い〟を連呼している。うん、こっちはこっちで名状しがたい恐怖があるな。聞かなかったことにしよう。

「まぁまぁ。落ち着いてください、姫宮先輩。ユイ兄との仲はこのお泊りでぐっと縮めればいいんです。微力ながら私もお手伝いしますから」

「祭ちゃん……うん、ありがとう。キミからもらったこの機会、絶対にものにしてみせるよ！」

「その意気ですよ、姫宮先輩。詳しいことはまた後日話しましょう！　それでは私はこの辺で。ユイ兄、姫宮先輩をしっかりエスコートするんだよ！」

最後にアデューと言い残して祭は疾風の如く俺達の前から走り去っていった。エスコートするも何も校門はもう目の前。何をしろって言うんだよ。

「それじゃお言葉に甘えて……唯斗、お手を拝借してもいいかな？」

「うん、ダメです。ただでさえ目立っているのに手を繋いだらどうなるか言わなくてもわかるよね⁉」

それに奏さんの手を差し出す仕草はどちらかと言えば王子様のそれであり、様になっているのでちょっと悔しい。

「さて、どんな風になるのか私には想像できないな。そもそも唯斗は周りの目を気にしすぎだよ。堂々としていれば何も言ってきたりしないよ」

「残念ながら俺のメンタルは奏さんと違って豆腐みたいに柔らかいんでね。こうして一緒に歩いているだけでボロボロだよ」

　俺がため息を吐きながら肩をすくめると、何が面白か奏さんはクスクスと笑みを零しながらこう言った。

「私のことを名前で呼ぶのは平気みたいで安心したよ」

「………………しまった」

　指摘されたが時すでに遅し。周囲から寄せられる視線は一層鋭さを増しており、俺は逃げるように校門をくぐるのだった。

＊＊＊＊

　昼休み。俺は食堂で樹理、奏さん、椎名さん、そして祭を含めた五人で昼食を食べていた。もうこのメンバーは固定だな。祭も奏さんや椎名さんに妹のように可愛がられて馴染んでいるし。

「さて、唯斗。そろそろ聞かせてもらおうか？　いつからお前は姫宮さんと親密な関係になったんだ？」

正面に座っている樹理が〝答えるまで絶対に逃がさない〟と並々ならぬ決意を瞳に宿しながら俺の肩をがっしりと摑んで詰問してきた。まぁ朝からずっと聞きたそうにしていたのを徹頭徹尾、鋼の意思を貫いて無視していたからな。

「……何のことだ？」

俺は素知らぬ顔でカレーを口に運びつつ、社交辞令ですっとぼけるが今の樹理にそんな冗談は通用しなかった。親友は笑顔の裏に怒気を張り付けた愉快な顔で俺の肩にメリメリと指をめり込ませてくる。地味に痛い。

「この期に及んでとぼけるとはいい度胸だな？　お互い下の名前で呼び合う仲なのに親密じゃないって言うのか？」

「高梨君の言う通りだよ、奏ちゃん。いつの間に奥川君とラブラブな関係になったのさ？　私、聞いてない！」

バンバンとテーブルを叩きながら抗議の声を上げるのは樹理の隣に座っている椎名さん。ちなみに俺の両隣には奏さんと祭が座っている。

「ちょっと落ち着いて文香。どこをどう見たら私と唯斗がラブラブな関係になるの？　全然そんなことないと思うけど？」

「そんなことありますぅ！　少なくとも奏ちゃんが奥川君の名前を呼ぶときは乙女の顔になっていますぅ！　少しは好き好きオーラを隠せコンチクショウ！」

「ななな、何を言っているのさ文香⁉　私はそんなオーラなんて出してないよ⁉　変なことを言うのはよしてくれ！」

ケッと唾を吐き捨てるように椎名さんが言うと奏さんは瞬間湯沸かし器よろしく顔を赤らめながらテーブルから身を乗り出して反論する。

「教科書忘れたって言って堂々と奥川君と密着したり、奥川君がわからないところを教えて上げたりしているのはどう説明するのかな？　私達が気付いていないとでも思ったのかな？」

奏さんは名前で呼び合うようになってから時折教科書を忘れるようになったのだが、まさか偶然ではなかったというのか？　どこか嬉しそうに微笑みながら席をくっつけて来るからおかしいとは思っていたけど。

「そそそ、そんなはずないじゃないか！　私は本当に教科書を忘れて唯斗に見せてもらっていただけだよ⁉」

「あくまでしらばっくれると？　なら今日奏ちゃんが忘れた英語の教科書が鞄の中

に入っていないか確認してみようか？　それともロッカーの中かな？」

「………………」

ニヤリと口角を吊り上げる椎名さんを犯人を追い詰める名探偵だとするならば、視線を明後日の方に向け、冷や汗を流しながら口を噤む奏さんは犯行を暴かれた哀れな犯人と言ったところか。沈黙は金とはよく言ったものだ。

「まったく。学校は学び舎なんだよ？　昼休みとか放課後にイチャつくならまだしも授業中はどうかと思うよ？」

「うぅ……唯斗、助けて！　文香が怖い！」

「いや、椎名さんの言うことはぐうの音も出ない正論だと思うが？　教科書あるのに忘れたふりはダメだし、そのせいで俺は男子からの憎悪の視線で殺されるかと思ったんだからな⁉」

泣き真似をして助けを求めてくる奏さんを俺は心を鬼にして一蹴すると彼女は〝唯斗の薄情者！〟と嘆くのだった。

「ねぇ、高梨君。私達は何を見せられているのかな？　反省する気あるのかな？」

「何だろうな？　新婚夫婦の初々しいやり取りか何かじゃないか？　祭ちゃんはどう思う？」

「私ですか？　お二人の話を聞いてどうしてユイ兄と姫宮先輩がお付き合いしていないか一層謎が深まりました」

だよなぁと三人は声を揃えて肩を落としながらため息を吐く。

「でも安心してください。この如何ともしがたいジレジレ甘々な二人の関係をこの私、奥川祭がゴールデンウイークをフル活用して打破してみせますから！」

グッと拳を作りながら祭が高らかにそう宣言したことで食堂が一気に色めき立つ。樹理と椎名さんも例に漏れず眼光を鋭くして興味津々といった表情を浮かべる。

「ねぇ、祭ちゃん。唐変木な奥川君と恋愛偏差値ゼロの恋に恋する乙女な奏ちゃんの関係をどうやって進展させるの？」

「それこそ一つ屋根の下で同棲を始める、みたいな劇薬を処方しないと唯斗はダメだと俺は思うけどな」

俺のことはさておき、椎名さんの奏さんに対する評価があんまりすぎるのでさすがに同情する。

そして樹理の勘の良さには正直驚かされるな。お泊りも俺に言わせれば劇薬に違いないからな。

「フッフッフッ。まぁ私に任せてください。連休中に二人をゴールインに導いてみせますよ！」

「そいつは楽しみだな。ただもしも本当にゴールインなんてことになったら唯斗の居場所はこの学校にはなくなるかもしれないがな」

「そうだね……奏ちゃんは男女問わず人気者だから本当に交際を始めたら大変なことになるかも……」

「二人して不吉なことを言うなよ……奏さんからもなんか言ってくれないか？」

　俺は肩をすくめながら隣に座っている奏さんに助けを求める。だが俺の隣に座っている美少女は何故か口元に不敵な笑みを浮かべながら俺の肩にポンと手を置いて、

「フフッ。安心して、唯斗。キミのことは私が守るから」

　キラッと流星煌めくウィンクを飛ばしながらこう言った。その瞬間、食堂に女子達の黄色い悲鳴が響き渡る。

　キザな台詞なのに奏さんの顔がおとぎ話のようにカッコよくて、俺は急に恥ずかしくなって思わず顔を逸らした。そんな俺の様子を見て樹理と椎名さんは何度目かになるため息をこぼした。

「はぁ……さすが姫宮さんというか唯斗が情けないというか。これじゃどっちかお姫様かわからねぇな」

「んぅ……でも奏ちゃんとは一年友達やっているけど、あんな風に笑うのは初めて見たかも……」

「なるほど、恋の力は王子様をお姫様に変えるくらい偉大ってことだな。ただこの先どうなるかは唯斗次第ってところか。頑張れよ、色男」

うるさい、黙れ。他人事だと思って全力で楽しみやがって。

「お二人さん、ゴールデンウイークを満喫するのは構わないけど連休明けたらすぐにテストがあるってことをくれぐれも忘れないようにね？」

「…………え？」

椎名さんの忠告に持っていた箸を落としてこの世の終わりのような顔をする祭。まぁそういう反応になるよな。

「そっか。祭ちゃんはまだ担任の先生から聞かされていなかったんだね。うちの学校の中間テストはゴールデンウイークの翌週に実施されるんだよ」

奏さんが苦笑いしながら説明したが果たして祭の耳に届いているのかどうか。テスト如きで絶望するなと言いたいが気持ちは痛いくらいわかる。俺も去年は同じような心境になったからな。

「でもその分テスト範囲はそこまで広くないからそこまで悲観することはないよ

……って祭ちゃん、大丈夫？」

「黄金週間が……私の自堕落計画が泡となって消えてゆく……」

譫言（うわごと）のように呟きながらバタンッとテーブルに突っ伏す祭。

我が義妹のよくやる愉快なリアクションだが、初見の奏さんと椎名さんはただただ呆気に取られている。ちなみに樹理は去年家に遊びに来た時に目撃しているので慣れている。

「くそぉ……ゴールデンウイークくらい勉強しないで自由に過ごせると思ったのに……！　これが大人のやり方かぁ！　チクショウめっ！」

リアクション芸人のように泣き叫びながらドンドンとテーブルを叩く祭。椎名さんはドン引きして頰を引きつらせ、樹理は腹を抱えて笑っている。けれど奏さんは顎に手を当てて思案気な様子。一体何を考えているんだ？

「そうだ、いいこと思いついた！　ねぇ、祭ちゃん。ゴールデンウイークに私と一緒に試験勉強するっていうのはどうかな？」

これぞ天啓（てんけい）、と言わんばかりに奏さんは提案した。これだけ聞くと学年トップの成績の奏さんが臨時の家庭教師となって悩める後輩に勉強を教えるという良い話だが、俺の勘が告げている。これで終わるはずがないと。

「姫宮先輩と試験勉強ですか？　それはお泊り会の時にですか？」

「うん。お泊り会で一日遊び倒すのも悪くないけど試験も大事だからね。シエルちゃんの配信が始まるまで一緒に勉強しよう？」

　そう言って奏さんはニコッと微笑むその姿は絵画に描かれる女神様のように可憐であり慈愛に満ちていた。

「……わかりました。姫宮先輩がそういうならお泊り会に勉強する時間を設けます。ユイ兄も巻き込んで三人でやりましょう！」

「そうだね。わからないところがあったら唯斗お兄ちゃんに教えてもらおうね♪」

　奏さんに〝唯斗お兄ちゃん〟って呼ばれて危うく意識が天に召すところだった。お兄ちゃんと呼ばれることに耐性がある俺だったから致命傷で済んだが、そうでなければ今ごろどうなっていたことか。

「学年主席の奏さんに教えることなんて何もないよ。というかむしろ俺が奏さんに家庭教師をお願いしたいくらいだよ」

「それなら私が手取り足取り、懇切丁寧に唯斗に色々教えてあげるね。大丈夫、優しくするから」

　女神様から小悪魔へジョブチェンジした奏さんがペロリと舌なめずりをしながら

嫣然と微笑む。さすがの俺もこの魅惑の笑みに対する耐性は有していないので思わずゴクリと生唾を飲み込んだ。

いやいや、落ち着くんだ奥川唯斗！　奏さんから教えてもらうのは勉強であってそれ以上でも以下でもない。変なことを考えるな！

「フフッ、唯斗が望むなら勉強以外のことも色々教えてあ・げ・る」

やめろぉ！　ふぅって甘くて熱い吐息を吹きかけるな！　二人きりならまだしもここは学校の食堂、公衆の面前なんだぞ⁉　耳ふぅをしていい場所じゃない！

「なぁ、椎名さん。本当にこの二人って付き合っていないんだよな？　胃もたれするようなイチャイチャをするだけじゃ飽き足らず、お泊り計画を立てていても付き合っていないいないんだよな？」

「皆まで言ったらダメだよ、高梨君。奏ちゃんはゴールデンウイークに奥川君のお家にお泊りしに行く予定になっているみたいだけど、それでも二人は付き合っていないんだよ」

「言っていることとやっていることの乖離が激しすぎる……俺はもうお前の言葉は何も信じないぜ、唯斗」

悪いのは俺じゃない、祭と奏さんだ！　と心の中でいくら叫んだところで通用しないだろう。

　ただ奏さんが泊りに来ることは樹理と椎名さんにしか聞かれていなさそうなのが不幸中の幸いだな。もし聞かれていたらどうなっていたことか。

「奥川君、奏ちゃんが泊りに来てテンション上がると思うけど、くれぐれも羽目を外しすぎないようにね？　ちゃんとヤル時は着けるんだよ？」

「椎名さんの言う通りだな。勢いに任せて着けずにヤルんじゃないぞ？　そんなことをしたら俺はお前との縁を切るからな？」

「よろしい。二人ともそろそろ黙ろうか？」

　堪忍袋の緒が切れるとはまさにこのこと。真っ昼間から下ネタを口にする樹理の頭に全力で手刀を落とした。まったく、俺を発情した猿とでも思っているのか。いくら超絶美少女な奏さんが泊りに来たとしてもそんなことするはずないだろうが。

　俺が呆れたため息を吐いていると、ちょんちょんと奏さんが肩を叩いてきた。そのまま耳元に顔を近づけて彼女は蕩（とろ）けるような甘い声でこう囁いた。

「私としてはいつでもウェルカムだからね、唯斗」

　ホント、勘弁してくれ。

# 第6話：王子様とお泊り勉強会（実行編）

それから数日後。

あっという間にゴールデンウイークに突入し、奏さんが我が家に泊まる日がやって来てしまった。その手には一泊二日にしては少し大きなカバンと紙袋。

「ようこそ、奥川家へ。あなたが噂の姫宮奏ちゃんね！　私は唯斗と祭の母の奥川明美です。よろしくね！」

「は、初めまして！　私は唯斗――奥川君のクラスメイトの姫宮奏と言います。今日と明日の二日間お世話になります。よろしくお願い致します、お義母様！」

わずかに震えた声で言いながら奏さんはぺこりと頭を下げた。無理もない。俺だって友達の家に遊びに行って、その友達ではなく両親に出迎えられたら緊張する。

それにしてもどうして奏さんが母さんとバッティングすることになったのか。それを企てた下手人は俺の隣で腕を組んで母さんと話している。

「いやぁ……祭と唯斗から姫宮さんの話は色々聞いていたけどまさかここまでとはね……」

「私も初めて姫宮先輩と会った時はあまりの美人さに驚いたよ……」

某小学生探偵の漫画に登場する赤い色の捜査官の名場面のモノマネする母さんと祭。細かすぎて伝わらないモノマネ大会に出場したら上位入賞できそうなくらいの完成度なのがむかつく。

「写真は祭から見せてもらったけど一度ちゃんと会ってお話してみたかったのよね。祭、グッジョブだわ！」

ちなみにこの状況を作り出した犯人は他でもない我が愛する義妹の祭だ。

なにせこのお泊り会の詳細を決めたのは祭なのだ。〝姫宮先輩と相談して決めるからユイ兄は大船に乗った気持ちでいて！〟と言うので一抹の不安を抱きつつも口を出さなかったのだが、どうやら大失敗だったようだ。

俺が祭から聞いていた奏さんとの待ち合わせ時間は十三時。集合場所は喫茶店『マーブル』。だが実際は朝十時に奏さんが直接我が家にやって来た。俺に嘘をついてまで午後出社の母さんと会わせたかったのか？

「唯斗も薄情になったわねぇ。姫宮さんみたいな可愛い子とクラスメイトになって席が隣同士になったのに何にも話してくれないなんて……」

「春休みにアルバイト中に姫宮先輩をナンパ君達から助けたこともママに内緒にしていたもんねぇ。ユイ兄はいつから秘密主義になったのかな？」

およよと泣き真似をする母さんにニシシと人の悪い笑みを浮かべる祭。そしてその二人のやり取りを聞いていた奏さんがジト目を俺に向けて来る。

「……何か言いたそうだね、奏さん」

「別に、何もないけど？」

それは何かある人が言う台詞なんですよね。そもそも俺は秘密主義でも何でもない。奏さんのことを俺が話そうとしてもその前に全部祭が喋るから話したくても話せなかっただけだ。

「さて……できることなら私も混ざってお泊り会に参加して姫宮さんに唯斗をプレゼンしたいところだけど……そろそろ仕事に行かないとね」

俺を姫宮さんにプレゼンするってなんだよ。まさか生まれてからの思い出話をするつもりじゃないだろうな？　そんなことは絶対にさせないからな。

「それじゃ姫宮さん、お泊り会楽しんでね。唯斗、夕飯代は祭に渡してあるから好きな物を食べていいからね」

「……わかった。色々ありがとう。仕事無理しないでね、母さん」

「大丈夫よ、昔のように倒れたりしないから。それじゃ姫宮さん、ゆっくりしていってね！　また今度、ゆっくりお話ししましょうね！」

それじゃ行ってきます、と言って母さんは家を出て行った。

その背中を見送りながら俺は心の中で大きくため息を吐く。お泊り会はまだオープニングが始まってすらいないのにすでに疲労が押し寄せてきている。この調子で大丈夫か、俺。

「よしっ！　お母さんとの挨拶も済んだことだしお泊り会兼勉強会を始めるとしましょうか！　改めて姫宮先輩、奥川家へようこそです！」

「ありがとう、祭ちゃん。それじゃ私からも改めて。今日と明日の二日間お世話になります。よろしくね、唯斗」

かくして前途多難なお泊り会が始まった。

お願いだから何も起きないでくれ。俺は心の底からそう願うのだった。

＊＊＊＊

嫌なことを終わらせてから存分に遊ぼうという奏さんの発案で午前中に二時間、お昼休憩を挟んでさらに二時間、みっちり試験勉強を行った。

初めは祭もぶぅぶぅと文句を言っていたが、黙々と手を動かす奏さんに触発されたのか、いつの間にか集中して教科書の内容をノートにまとめていた。

おかげで奏さんと母さんの思わぬ遭遇から始まったお泊り会兼勉強会は意外なことに特に大きな問題が起きることなく、気が付けばおやつの時間になっていた。

そして現在。俺達はリビングでコーヒーを飲みながら奏さんの手作りケーキに舌鼓を打っていた。

「んぅーー姫宮先輩の手作りケーキ凄く美味しいです！　というかこれ、お店で出てくるレベルでは⁉」

「ありがとう、祭ちゃん。そう言ってもらえると頑張って作った甲斐があったよ。たくさんあるからどんどん食べてね」

はいっ！　と元気よく返事をしてから祭は皿の上のチョコレートケーキをパクパ

クと頬張る。その様子を奏さんは嬉しそうな、それでいて優しい笑みを浮かべながら見つめている。

「ホント、祭ちゃんは可愛いね。私の妹にしたいくらいだよ」

「えへへ、本当ですかぁ？　実は私も姫宮先輩みたいなお姉ちゃんが欲しかったんですよ！　これはもしかしなくとも相思相愛ってやつなのでは⁉　相思相愛ってやつなのでは⁉」

そう言いながら祭が俺にずいっと詰め寄る。大事なことだから二回言うのは構わないがせめて口の中のケーキを飲み込んでからにしなさい。というかついさっきまで半日の勉強疲れでグロッキーだったはずなのに、その元気はどこから湧いてきたんだ？

「ねぇ、唯斗の感想も聞かせてほしいなぁ。私の作ったケーキ、美味しい？」

睫毛（まつげ）を伏せ、どこか不安気な様子で奏さんが尋ねてきた。祭がすでに何度も美味しいと連呼しているのだから自信満々でいればいいのに、どうしてそんな顔をするのだろうか。

奏さんが作って来てくれたチョコレートケーキは詳しくはザッハトルテというらしい。チョコレートのスポンジ生地にラズベリージャムを挟み、その上から生チョコをコーティングした手の込んだ一品だ。

「俺がチョコレートケーキ好きっていうのを抜きにしても、こんな美味しいケーキを食べたのは初めてだよ」

しっとりと蕩ける様な甘みの中に爽やかな酸味が口の中に広がるので飽きることなく食べることができてしまう。祭の〝お店で出てくるレベル〟という感想はあながち間違いではない。

「ほ、本当に？　今まで食べたどのケーキより美味しかったの？」

「こう見えても俺は正直者だからね。お世辞抜きで今まで食べたどのケーキよりも美味しかったよ。ありがとう、奏さん」

「ユイ兄の言う通りだよ、姫宮先輩！　これなら毎日でも食べられます！　むしろ食べさせてください！」

さすがに毎日食べたら色々大変なことになると思うが、それくらい美味しいという意味では祭の感想に全面的に同意だ。それこそ喫茶店『マーブル』の新作メニューとして提案したら店長も喜ぶんじゃないか。

「もう……二人とも大袈裟だよ。そんな風に言われたらまた作りたくなっちゃうじゃないか」

頬を朱に染めて嬉し恥ずかしそうに身体をくねくねとさせる奏さん。うん、口には出さないけど控えめに言ってすごく可愛いな。

「ハァ……ユイ兄ってば隙あらば姫宮先輩に見惚れるんだから……」

「なっ⁉　何を言っているんだ祭⁉　俺は別に奏さんの照れ顔に見惚れてなんかいないぞ⁉」

「はい、自白いただきましたぁ！　ユイ兄は自覚ないと思うけど、勉強している時も姫宮先輩の横顔をチラチラ見ていたからね？〝はぁ……奏さんの集中している顔、素敵だなぁ〟って心の声が漏れていたからね？」

呆れた様子で祭は肩をすくめる。もしかしてこの義妹は人の心が読める超能力者だったのか⁉

「いやいや、ユイ兄が顔に出やすいだけだからね？　まぁそれは姫宮先輩も同じだけどね。類は友を呼ぶってまさにこのことだね」

「ちょ、ちょっと祭ちゃん⁉　いきなり何を言い出すのかな⁉　私は別に唯斗に見惚れてなんて――！」

「やっぱり……姫宮先輩も自覚がなかったんですね？　ことあるごとにユイ兄の横顔をチラ見しながら〝まじめに勉強している唯斗、カッコイイ〟って乙女の顔になっていた自覚が‼」

「ストーーーーーーップ‼　何でも言うこと聞いてあげるからそれ以上は言わないで祭ちゃん‼　お願い‼」

悲鳴を上げながら慌てて祭の口を両手で塞ごうとする奏さん。だが祭はそれをニシシと笑いながら忍者のように華麗にかわす。

傍から見れば美少女二人の仲睦まじい微笑ましい光景なのだが、俺の心境としてはそれどころではない。

「もう……しょうがないですね。ならこれから姫宮先輩のことを〝カナデ姉〟と呼ぶことを許してくれたら勉強会でのことは黙ってあげます。どうですか？」

「えっ？　そんなことで黙ってくれるなら私としては願ったり叶ったりだよ！」

まさかの要求に奏さんは目をぱちくりとさせる。まぁ弟がいる奏さんにとってお姉ちゃんと呼ばれるのは慣れっこだろうからその反応は当然だな。

「やったぁ！　それじゃこれからはカナデ姉って呼ばせてもらいますね！」

満面の笑みを浮かべた祭は奏さんの胸の中へと勢いよく飛び込んだ。さすがの奏さんもこの不意打ちには反応できず、抱きとめはしたものの後ろに倒れてしまった。

「えへへ……嬉しいなぁ。ずっとパパと二人きりだったからお姉ちゃんがいたらなぁってずっと思っていたんです！　もちろんお兄ちゃんができた時も嬉しかったけどね！」

「とってつけたように言わなくてよろしい。というかいきなり抱き着いたら危ないだろう？　奏さん、大丈夫？」

「う、うん。ちょっとびっくりしたけど大丈夫。それに私もなんだか妹ができたみたいで嬉しいんだ」

そう話しながら奏さんは愛おしそうに祭の頭を撫でる。その顔はとても穏やかで、その姿はまるで絵画に描かれるような愛しの我が子を愛でる女神みたいで思わず息をするのを忘れるくらい見惚れてしまった。

「どうしたの、唯斗。ぼぉーとしているけど大丈夫？　もしかして具合でも悪いの？」

「いや、違います。間違っていますよ、カナデ姉。おそらくユイ兄はカナデ姉に見惚れているんです。そして自分もこのマシュマロのように柔らかい魅惑の果実の中に包まれながらナデナデしてほしいと思っているに違いありません！」

「確かに前半部分は当たっているけど後半は間違っているからな？　さも当然のようにセクハラ発言するのはやめようような⁉」

　ドヤ顔で俺の心を適当にでっちあげて代弁する祭に辟易とする。これから奏さんと一夜を共にするというのにたわわな果実の感触を俺も味わってみたいなんて言ったらどう思われるか。言っていい冗談と悪い冗談の区別をつけてくれ。

「ねぇ……唯斗はさ、私の胸……触りたいの？」

「…………はい？」

　奏さんは今なんて言った？　俺の耳がおかしくなっていなければ胸を触りたいか聞かれたような気がしたんだが⁉

「それとも触るだけじゃなくて、も、揉んでみたい？　それともそれとも！　それ以上のことがしてみたい……とか？」

　ギュッと祭のことを抱きしめながらとんでもないことを口にする奏さんの顔は、今にも火を噴きそうなくらい真っ赤になっていた。だがそれは俺も同じ。頬は尋常じゃないほどの熱を帯び、心臓は破裂する勢いで早鐘を打っている。

「ま、前にも言ったと思うけど私はいつでもウェルカムだからね？　なんならこのお泊り会で唯斗が狼さんになることも想定して色々準備してきたから……」

　俺の中の理性の天使が〝聞いてはダメよ！　戻れなくなる！〟と叫んでいるが、欲望の悪魔が〝聞かないと後悔するぜ？〟と囁いてくる。

「参考まで聞くけど……いったい何を準備してきたんですか？」

きっかり三秒考えた結果。欲望の悪魔に抗うことができず、俺は震える声で奏さんに尋ねてしまった。むしろ聞かないという選択肢があろうか、いやありえない！

「それはもちろん……唯斗が好きそうな可愛い下着とか、あとはサイズが合うかわからないけどコンｄ」

「ストーーーーーーップ!!　それ以上は言わせねぇよ!?　思っていた以上に本気の準備じゃねぇか!!」

想像以上に奏さんの頭の中がピンク色だったので俺は思わず叫んでしまった。下着ならまだしも避妊具まで用意してきただと!?

「だ、だってお泊りだよ!?　男の子の家にお泊りするんだよ!?　いつもは真摯で優しい唯斗が狼さんになる可能性だってあるじゃないか！　だからいつその時が来てもいいように下着も新調して、恥ずかしかったけどコンビニでアレも買って……」

「だからストップって言ったでしょうが!?　それなのにどうして話を続けるんですかねぇ!?」

ぜぇぜぇと俺は肩で息をしながらもう一度叫ぶ。

奏さんは耳まで真っ赤にしながら〝だってぇ……〟可愛く呟いてむぎゅぅと祭を

抱きしめる。あの双丘に頭を埋めている祭が実に羨ましい。できることなら今すぐその場所を代わってほしい。じゃなくて！

「今日のために奏さんが明後日の方向に覚悟とか準備してきたのはよくわかった。でもそろそろ抱きしめている祭を解放してあげてくれ。このままだと大変なことになる」

「ユ、ユイ兄……助けでぇ……カナデ姉……くるじぃよぉ……このままだとしんじゃうよぉ……」

「キャァアア!!?? 祭ちゃん大丈夫!!? 息してる!? 死なないで!!」

悲鳴を上げながら奏さんは慌てて祭を解放する。窒息寸前で解放された祭はぜぇぜぇと肩で息をしながら這う這うの体で俺の隣に移動すると身体をガクガクと震わせながら腕にギュッとしがみついてきた。

「あ、危うくカナデ姉のおっぱいの中で昇天するところだったよ。ユイ兄、助かったよ。ありがとう」

「うぅ……ごめんね、祭ちゃん。小動物みたいで可愛い上に抱き心地があまりにもよくてつい力が入っちゃって……次からは気を付けるね」

「いえいえ！ カナデ姉のおっぱいの中で昇天できるならある意味本望ですし、そもそもユイ兄が全部悪いのでカナデ姉は謝る必要は全くありません！」

そう言って祭は俺のことをギロリと睨んだ。いや、俺は何も悪いことはしていないし言っていないと思うんですけどね⁉

「どうして俺が悪者になるんだよ⁉　どう考えても奏さんの暴走が原因だろうが！」

「黙らっしゃい！　カナデ姉が覚悟を決めて色々準備してきたっていうのにユイ兄のあの態度はなに⁉　酷すぎて目も当てられないよ！」

「それならどう反応するのが正解だっただよ⁉　まさかと思うが奏さんの覚悟に応えろって言うんじゃないだろうな⁉」

「何を言っているのさユイ兄！　カナデ姉の覚悟に応えるのは当然のことでしょうが！　それなのに鶏みたいにピーチクパーチク喚いてチキン発言を連続するなんて本当にありえない！」

バンバンと俺の背中を思い切り叩く祭。華奢な身体のどこにそんな力があるのか地味に痛いからやめてほしい。

「それともユイ兄はカナデ姉の可愛い下着を見たいと思わないの⁉　一緒にお風呂入りたいとは⁉　誰もが憧れる姫宮奏を一晩独り占めできるチャンスなんだよ⁉

こんなのこの先長いユイ兄の人生で一度あるかないかの——ぎゃふっ⁉」

鼻息を荒くして機関車のように捲し立てる祭に俺は圧倒され、失礼なことを言われているにもかかわらず何も言い返せずにいた。そんな義妹に手刀を叩き込み、暴走を止めたのは他でもない奏さんだった。

「ちょちょ、ちょっと祭ちゃん！　キミは何を言っているのかな⁉」

「いきなり叩くなんて酷いよ、カナデ姉！　外堀から埋めたいって言っていたカナデ姉のためを思って私は——あっ」

「祭ちゃーーーーーん‼??　それは二人だけの秘密だってあれほど——」

「駄妹よ、そして奏さん。〝あっ〟て口にした時点で答えを言っているようなものだけど一応聞くね。秘密って何かな？」

祭の口を奏さんが声を荒げて急いで塞ぎにかかるがもう遅い。

俺の問いかけに二人は額からダラダラと汗を流しながら口を閉ざす。まぁ俺にはだいたいわかっているんだけどね。謎は全て解けた。真実はいつも一つ。

「えっと……それは、その……」

「答え難いなら俺が代わりに言おうか？　つまりさっきの奏さんの大胆すぎる発言の数々は祭、お前の入れ知恵ってことだよな？　俺を照れさせて困らせるのが目的だったんだろう？」

やれやれ、彼女達は何もわかっていない。奏さんが泊りに来ているだけで理性がどうにかなりそうなんだぞ。例えるなら俺は最初から押せば倒れるノックアウト寸前の状態だ。そこに嵐のような左右の連打をぶち込まないでほしい。

「むぅ……ここまで来てなおユイ兄の精神力はオリハルコン級とは。カナデ姉、負けちゃだめだよ！」

「うん！　祭ちゃんがおぜん立てしてくれたこのチャンス、絶対にものにしてみせる！　私、頑張る！」

そう言って奏さんはぐっと拳を作って決意を新たにする。お願いですから頑張らないでくださいと言っても無駄なんだろうな。

俺は心の中で深いため息を吐きながら現実逃避のために今晩の夕食をどうするか考えるのだった。

＊＊＊＊

時刻は現在19時を少し過ぎたところ。奏さんと祭が好きなVチューバー、雪上シエルの生配信を観ながら夕飯を食べていた。

ちなみにメニューはカレー。冷蔵庫に残っていた食材がおあつらえ向きだったので俺が作った。

奏さんは手伝おうとしてくれたが客人に手伝わせるわけにはいかないし、祭に包丁を持たせるとそれこそ事件が起きかねない。一人で作業すれば変なことを考えずに済むからな。煩悩退散。

「久しぶりにユイ兄の特製カレーを食べたけどやっぱり美味しいね！　美味しすぎて馬になっちゃうよ！」

「祭ちゃんの言う通りだね。このカレー、すごく美味しいよ！　そして唯斗が料理系男子だったことに私はびっくりぽんだよ」

食べながら満面の笑みを零すと驚愕に顔を染める奏さん。俺が料理できることがそんなに衝撃的なのか。それはそれでショックというか反応に困るというか。

「驚きましたか？　ママが仕事で帰りが遅くなる時はユイ兄が代わりに料理を作ってくれるんです。しかも和洋中、何でもござれの我が家の影の料理長なんです！」

「話を適当に盛りつけるな。俺は何でも作れる万能シェフじゃない」

ドヤ顔で胸を張る祭に辟易としながら俺は言った。

「どうですか、カナデ姉。うちのユイ兄はイケメンで腕っぷしも立ちますし料理も上手です！　成績はいまいちですが伸びしろは十分あります！　義妹の私が言うのもなんですが優良物件ですよ！」

お前は売れないセールスマンか。よりにもよって義兄を優良物件とか言うんじゃありません。あと売る相手はちゃんと考えろ。奏さんのような顧客に俺は不相応だろうが。

「祭ちゃんの言う通りだね。イケメンで度胸もあって王子様で、さらに料理もできるとくれば……あれ、もしかして唯斗って最強なのでは？」

顎に手を当てて思案した結果、奏さんが導き出した答えは頓珍漢(とんちんかん)なものだった。どうしてこの美少女は時々ポンコツちゃんになるのだろうか。だがそんな奏さんも可愛いなと思ってしまう俺もポンコツか。

「だから手つかずの今がチャンスだよ、カナデ姉。強力なライバルはいるけど、現状ユイ兄が異性として意識している女の子はカナデ姉だけだから。私の見立てではあと一押しか二押しで落とせるよ！」

義妹よ、その見立ては間違っているぞ。その調子では解ける謎も永久に闇の中。もう少し推理力を鍛えてから出直してこい。

「そ、そうかな？　あと少しでいけるかな？」

あれれ、おかしいぞ？　祭のとんちき話を聞いた奏さんがソワソワし始めたぞ。

「大丈夫。私を信じて、カナデ姉。義妹センサーによると今夜仕掛ければユイ兄を墜とせる確率は95％って出ているから！」

「いい加減にしろ、駄妹」

俺はため息を吐きながらべしっと祭の頭に手刀を落とした。義妹センサーとか俺が落ちるとか適当なことを言うんじゃありません。

「そうか……95％の確率で唯斗を墜とせるのか……ありがとう、祭ちゃん！　今夜頑張ってみるよ！」

「その意気だよ、カナデ姉！　大丈夫、あの作戦で行けばユイ兄も観念するはずだよ！　むしろこれでダメだったらユイ兄がおかしいだけだから！　理性が鋼どころか仏の領域だよ」

「あの作戦ってなんだよ⁉　二人して一体何を企んでいるんだ⁉」

拳を作って祭は断言し、奏さんは目つきをきりりと鋭くして俺のことをじっと見つめて来る。

心臓がバクバクと高鳴るがそれは奏さんと目と目が合っているからではない。彼女が何を考え、実行しようとしているのかわからない恐怖のためだ。

「ふっふっふっ。安心して、ユイ兄。これから起きる出来事は天国に行くような最高の体験になること間違いなしだから！　夜が明けたら私に感謝感激するだろうね！」

「なるほど、だいたいわかった」

「祭ちゃんの言う通り、安心して。私、頑張るから！　唯斗に気持ち良くなってもらえるように精いっぱい頑張るから！」

「その発言で一気に不安になったんだが⁉」

頬を赤らめながら奏さんが叫ぶようにとんでもないことを口走った。この清楚でイケメンな美少女の頭の中は実はピンク色のお花畑で一杯なのか⁉　実は奏さんは痴女なのか⁉

「ふっふっふっ。ユイ兄がどんな反応をするか楽しみだよ。果たして我が愛する義兄は正気を保っていられるのでしょうか⁉」

「保っていられないようなことを考えているのか⁉　そうなのか、奏さん⁉」

俺の問いかけに奏さんは乾いた口笛を吹きながら明後日の方向を向く。ダメだ、まったくもって思考が読めない。この先何が待ち受けているのか不安で胸が痛い。

「さぁて、カレーも食べ終わったことだし、シエルちゃんの生配信をじっくり楽しむとしようかな！　カナデ姉も観るよね？」

「もちろん。祭ちゃんと一緒にシエルちゃんの配信を観たいと思っていたからね。あ、でもその前に洗い物をしないと……」

「洗い物なら俺がやっておくから奏さんは祭と一緒に配信観てていいよ」

奏さんが食器を盛って立ち上がろうとするのを制して、俺は彼女の使っていたお皿を自分の上に重ねて台所へと向かう。

「やったっ！　さすがユイ兄！　それじゃお言葉に甘えさせていただきますね！　ソファーに行こう、カナデ姉！」

祭は手早く皿を流し台に持っていくと、逡巡（しゅんじゅん）している奏さんの手を引いてテレビの前のソファーへと移動した。

「でも……いくらお客さんとは言え、何から何まで唯斗に任せるわけにはいかないよ」

「大丈夫、気にしないでいいから。洗い物まで含めて料理だからね。全部俺がやっておくから奏さんは祭と一緒に配信をゆっくり楽しんでて」

「ユイ兄がいいよって言っているから面倒なことは全部任せちゃってカナデ姉はこ

っちに来るの！　私と一緒に配信観るのぉ！」

やだやだと言いながら祭はソファの上で駄々っ子のように手足をバタバタとさせて暴れるのでさすがの奏さんもどうしたらいいか困惑している。

「祭の機嫌がこれ以上悪くならないように相手をお願い。それに奏さんが言うように今日のお泊り会のメインはシエルちゃんの配信を観ることだろう？　なら二人でゆっくり楽しんでくれ」

「い、いや！　ちょっと待って唯斗！　確かにメインではあるけどお泊り会の本当の目的はそっちじゃないというか……」

え、違うの？　祭と二人でシエルちゃんの生配信を観て、それが終わったらアーカイブを一晩中語り尽くすのがこのお泊り会の主旨じゃなかったの？

「もう！　落ち着いて、カナデ姉！　今はまだその時じゃないよ！　ゲート難な上に掛かり気味なの⁉　今日は春の天皇賞級の長距離レースなんだよ⁉　今からこの調子だとスタミナもたないよ！」

祭の例えは絶妙にわかりづらい。みんながみんなウ〇娘をやっていると思うなよ？

簡単に解説すると春の天皇賞とは競馬のレースの一つで、最高格付けのG1レースの中では最長距離の３２００ｍ。スピードだけでなくスタミナも求められるハードなレースである。なんて今はどうでもいいことだけど。

「そそそ、そんなことないよ⁉　ちゃんと回復スキルを積んでいるから大丈夫！　ラストスパートまで余力は残しておくから問題ない！　しっかり差し切ってみせるから！」

なるほど、奏さんも祭側の人間というわけか。差し切るとはつまりこのレースでハナをいっているのは俺ということか。何のレースが行われているのかは聞くな。そんなことは俺にもわからないし考えたくない。

「そういうことならユイ兄が洗い物をしているうちに、配信観ながら最後の作戦会議をしないとね！」

「そうしよう。唯斗に夕飯作りから洗い物まで全部任せることになって申し訳ないけど……お願いしてもいいかな？」

「あぁ、いいよ。俺のことは気にしないで思う存分話し合いをしてくれ。俺は洗い物が終わったら部屋でやることがあるから。何かあったら呼んでくれ」

せっかく奏さんが泊りに来ているのに部屋にこもるのは忍びないが、母さんから頼まれていることもやらないといけない。と言ってもゲームをしてその感想を伝えるだけなのだが。

「オッケー！　それじゃお風呂に入る時は呼びに行くね！　久しぶりに兄妹水入らずで一緒に入ろうね！　あっ、なんならカナデ姉も一緒にどう？　三人で背中を流しっこしない⁉」

祭のとんでもない発言を俺は蛇口から水を勢いよく出して聞き流す。そして奏さんが慌てふためく様子を横目で見ながら黙々と洗い物をするのだった。

# 第7話：王子様の水着とパジャマ

「ふぅ……ようやくこれで半分か。こいつは先が思いやられるなぁ」

洗い物を終えてから早三時間が経過し、時刻は間もなく23時になろうとしていた。

いつもならとっくにお風呂に入って寝る準備を済ませているのだが、母さんから指定されたゲームをプレイしていたらこんな時間になっていた。

「母さんになんて報告するべきか……〝死にゲー〟初心者がこれをやったら沼に嵌るよなぁ……」

かくいう俺も死んで相手の挙動パターンを覚える所謂〝死にゲー〟というジャンルをプレイするのは初めてで敵の理不尽な攻撃に何度も泣きそうになった。

だけどそれが快感にもなるのでやめられなくなるのもまた事実。なんてことを考えていたら母さんから電話が来た。

『あっ、もしもし唯斗？　今電話しても大丈夫？』

「大丈夫だよ。こんな時間にどうしたの？　もしかして仕事の話？」

『勘がいいわね。そうよ、もしかしなくても仕事の話。例のゲームの進捗と感想はどうかなって思ってね』

　電話の向こうで母さんは苦笑いを零した。こんな夜遅くになっても仕事をしているのには頭が下がるが、何かあってからでは遅いので倒れる前にちゃんと休んでほしいものだ。

「まだ途中までしかやっていないけど難しいよ。敵も強くて簡単に死ぬから人によってはストレスになるかも。ただ……」

『ただ、何かしら？』

「何度負けても諦めずに敵に挑める、やる気と根性があればすごく面白い配信ができるんじゃないか。母さんの事務所の子達はみんなそれを持っているからチャレンジするのはありだと思うよ」

　息抜きやストレス発散のために遊んでいるのに逆にイライラしたら本末転倒だとは思うけど、と俺は付け加える。

『……なるほど。さすが私の息子、よくわかっているわね！　唯斗がそこまでいうならシエルが次にやるゲーム配信タイトルはこれに決まり！　いつも協力してくれてありがとね』

「お安い御用だよ、母さん。タダで色んなゲームをできると思えば感謝こそすれ文句は言わないよ」

『フフッ、それもそうね。あっ、そんなことよりお泊り会はどう？　何かラッキースケベ的なハプニングとか起きた？』

まるで放課後の教室で恋バナをする女子高生のようなハイテンションで母さんが尋ねてきた。まさか客人の女の子とラッキースケベが起きたかと嬉々として聞いてくるような親が現実にいるとは思わなかった。それが自分の母だと思うと実に恥ずかしい。

「残念ながら何も起きていないよ。というかラッキースケベなんて怱々（そうそう）起きるもんじゃないと思うけど？」

『そう言っていられるのも今だけよ、唯斗。気を抜いて一人でお風呂に入っていた主人公の下にバスタオルを巻いたヒロインが強襲を仕掛けられるのはラブコメの定番じゃない！』

「息子の生活をラブコメに置き換えないでもらえますかね⁉」

『今、姫宮さんの隣に誰がいるのか考えてみなさい。孔明もびっくりの策士が彼女と一緒にいるのよ？　あの子が何も考えていないわけないじゃない』

そう言って他人事のようにケラケラと笑う母さん。確かにこの数時間を振り返ってみても、リビングからは笑い声が時折聞こえたが二人は一度も俺の部屋を訪ねて来ていない。

奏さんはともかく、祭の性格を考えればそれこそ〝ユイ兄、お風呂の準備ができたから入ろうよ！　もちろん三人で！〟と部屋に突撃があったはずだ。

『姫宮さんがお泊りに来ているのに唯斗がのんびりゲームをして私と電話ができているのはどう考えても不自然だと思わない？』

「もしかしてこれが嵐の前の静けさってやつなのか」

『その可能性は十分考えられるわね。唯斗も気付いていると思うけど姫宮さんの荷物は一泊二日にしては大きな荷物だったから、もしかしたら事前に祭と色々画策していたのかもしれないわ』

「やっぱり母さんも気付いたか。二人は一体何を考えているんだろうか……俺にはさっぱりわからないよ」

俺は超能力者ではないのでこの先何が起きるのか皆目見当がつかない。もしかしたらすでに事件は起きているのかもしれない。そう考えると部屋から出たくなくなるな。

『ミステリー感を醸し出しているところ悪いけど深刻に考える話じゃないわよ？むしろ最初にも言ったけど、姫宮さんのような美少女とのエチエチ展開なんてこの世全ての男子が望むことじゃない！　喜びこそすれ忌避することはないでしょうが！』

突然声を荒げて奏さんのご両親が聞いたら激怒しかねないとんでもない発言をする母さん。

実は祭や父さんには内緒にしているが母さんは祭以上に二次元オタクの気質があるのだ。

『いずれにしてもラッキースケベを回避したいのなら気を付けることね。今夜、何かしらの形で姫宮さんは仕掛けてくるはずよ』

「……わかった。肝に銘じるよ。ありがとう、母さん」

『まぁ私としては起きてくれた方が楽しんだけどね！　あ、前にも言ったけどもし万が一の時はちゃんとゴムを付けるのよ？　流れに身を任せたらダメ！　絶対！』

俺は何も答えず、問答無用で電話を切った。まったく、普通の親ならそういうことが起きないように節度ある態度を取るように注意するところだろうが。

俺は重たいため息を吐きながらベッドに身体を投げる。気を抜けば一瞬で夢の中へ落ちそうになるがその前に風呂に入らないと。

母さんは油断するなと言っていたが、さすがにお風呂に突撃なんてことはしてこないだろう。来ないよな？　もし来たらどんな顔をすればいいのかわからない。なんてくだらないことを考えていたら突然勢いよく扉が開いて、

「やっほー！　ユイ兄、起きてるぅ!?」

喜色満面な祭が部屋に押し入ってきた。髪はしっとり濡れており、パジャマに着替えていることから風呂に入った後のようだ。

「何か用か？　というかいつも部屋に入る時はノックしろと言っているだろうが。もし俺が寝ていたらどうするつもりだったんだよ？」

「それはユイ兄のお腹の上にダイブして叩き起こす予定だったよ？　ってそんなことはどうでもいいの！　ユイ兄にお風呂空いたからその報告に来たんだよ！　そろそろ入ろうとしていたんじゃないの？」

「……よくわかったな。俺が風呂に入ろうとしているって」

「えへへ。なんて言っても私はユイ兄の妹だからね。それくらい手に取るようにわ

かるよ！」

　そういうことがわかるなら別のところでも気を遣ってほしいものだ。

「そんなことより私はユイ兄に言いたいことがあります！　せっかくカナデ姉が泊りに来ているのに部屋に籠るなんてさすがに酷いと思うよ！　罰としてお風呂から上がったら寝るまで一緒にいること！」

「ちょっと待て、祭。それってどういう意味だよ⁉」

「どういう意味も何も、ユイ兄に放置されたカナデ姉を慰めなさいって話ですぅ！　さっさとお風呂に入ってヤルべきことヤリなよ、馬鹿兄貴！」

　祭は吐き捨てるように言うと脱兎のごとく部屋を去って行った。ヤルべきことってなんだよ。軍師な駄妹は俺に何をやらせたいんだ。

「まぁ考えても仕方ないか。とりあえず風呂だな」

　皆目見当がつかないことを考えても仕方ない。俺は心の中でため息を吐きながら風呂場へと向かう。

　我が家の風呂は無駄に広い。浴槽は大人が二人入っても余りあるほど大きく、肩まわりにお湯をかけてくれたり腰に心地いい水流をあててくれたりする最新のシステムも付いている。父さん曰く、

『お風呂は一日の疲れを癒す場所。だからそこに一番お金をかけた！』

とのこと。だからこの家の中で一番お金がかかっているのはこの浴室と言っても過言ではない。

閑話休題（それはさておき）。

俺は手早くかつ丁寧に身体を洗ってから湯船にゆっくりと身体を沈めた。

俺は一年を通して熱いお湯に浸かるのが好きだ。一日頑張って心と身体に溜まった疲労がじんわりと抜けていく瞬間が堪らないのだ。それを話したら祭には〝じじくさいよ、ユイ兄〟と呆れられたが。

「ハァ……疲れた。ホント今日は疲れた……」

静かな浴室にぽたぽたと水滴が落ちる音が響き渡る中、肩まで湯に浸りながら天を見上げて俺は独り言ちる。一緒に勉強をして、時折談笑し、ご飯を食べただけなのにどうしてこんなに疲れているのだろうか。気を抜けばこのまま寝落ちしそうだ。

「この後は寝るだけだけど、そう言えば奏さんがどこで寝るか祭は考えているのか？」

「もしも今夜、私の寝る場所が唯斗のベッドに決まったって言ったらどうする？」

「んんっ？　それってつまり奏さんと添い寝するってか？　もしそうなら最高だけ

どさすがにちょっとまずくないか？」

「へぇ……一緒に寝るのは最高なんだ。でもまずいのはどうして？」

「いや、だって付き合ってすらいない年頃の男女が同衾（どうきん）するのはさすがにどうかと思うんだけど――」

そこまで口にしたところでぼんやりと微睡（まどろみ）の中を漂っていた俺の意識が急浮上する。俺は今誰と会話をしていた？

「一日お疲れ様、唯斗。お礼に背中を流しに来たんだけど……ちょっと遅かったかな？」

ガチャリ、と風呂の扉が開いたその瞬間、俺は無意識のうちに口にした言葉を思い出して悶絶するとともに時が止まったような感覚に陥った。

その理由は一つ。女神が浮かべるような妖艶な微笑を浮かべた奏さんが身体にバスタオルをしっかり巻いて浴室に侵入してきたからである。

艶のある白磁の肌。すらりと伸びる肢体、キュッと引き締まったくびれにプリっとした桃尻。そしてタオルで覆っていてもはっきりわかる、男のリビドーを刺激してやまない二つの果実に視線が釘付けにならないように俺は全力で彼女に背を向ける。平静を保つべく心の中で素数を数える。

「フフッ。耳まで真っ赤にしちゃってどうしたの、唯斗？　もしかして照れているのかな？」

「そりゃ照れるに決まっているだろうが！　むしろ奏さんは恥ずかしくないのかよ⁉　というかそもそも俺が入っているのはわかるよね⁉　それなのにどうして入ってきたんだよ⁉」

母さんから油断するなと言われていたがまさか本当に起こるとは。祭がお風呂上りでパジャマ姿だったから、てっきり奏さんも一緒に入ったとばかり思っていたのに！

「どうしてって……そんなの決まっているじゃないか。この三時間弱、唯斗が部屋に籠って全然かまってくれなくて寂しかったからだよ」

「寂しかったって……祭とシエルちゃんの配信を楽しく観ていたんじゃないのか？」

「それはそれ！　これはこれなの！　もう、唯斗は本当に唐変木なんだから……私は唯斗ともっと親しくなりたいんだよ！　それくらいわかれ……馬鹿」

唇を尖らせながら最後は消え入りそうな声で奏さんは言った。艶美なバスタオル姿で子供っぽく拗ねるのはギャップ萌えがすぎる。あまりの可愛さに俺は直視できずに顔を両手で覆った。

「むぅ……その反応は何かな？　もしかして私のバスタオル姿に魅力はないから見る価値なしってこと？」

「むしろその逆だよ。魅力がありすぎて直視できないんだよ！　というか奏さん、バスタオルの下はその……裸だよね？」

バスタオルを巻いていてもグラビアアイドルも裸足で逃げ出す肢体は露わになっているし、むしろ中途半端に裸でないことが逆にエロさを限界突破させている。見るな、考えるな、想像するな。そんなことをすれば俺の理性が一瞬で絶滅する！

「意外と初心(うぶ)なんだね。普通こういう時、男の子なら生唾を飲みながら万歳三唱でバスタオルを脱いでくださいってお願いするところなんじゃないの？　まぁ私としては唯斗が望むなら喜んで見せるけどね」

そう言って奏さんはキラっとウィンクを飛ばしてきた。そりゃ見たくないと言ったら嘘になるけど、見たらもう引き返すことはできなくなりそうで怖いのだ。それこそ今後は彼女でしか色々と致せなくなる確信さえある。

「フフッ。心配しなくても大丈夫だよ、唯斗。痴女じゃあるまいし、いくらなんでもバスタオルの下に何も着ていないわけないいじゃないか」

「そっかそれなら大丈夫だな……いや、本当に大丈夫なのか？」

落ち着くんだ、奥川唯斗。この場の雰囲気に流されてはいけない。バスタオルの下になんか着ていたとしても一緒にお風呂に入ることには変わりはないんだ。

そもそもこの混浴には祭が絡んでいるはず。なら本当はバスタオルの下には何も着ていなくて俺を驚かそうと考えていても不思議ではない。

「……唯斗が黙りこくって何を考えているか大方予想はつくよ。頓珍漢な推理を披露する前にネタバラシをするね」

呆れたような苦笑い浮かべながら奏さんは躊躇うことなくパサッとバスタオルをめくった。

日差しとは無縁の生活を送ってきたかのような健康的で新雪のような柔肌。きつく巻かれていたタオルから解放されたことで豊かに実った二つの果実がぷるんと弾ける瞬間を生で観ることができる日がこようとは。触らずとも揉まずとも、ただ眺めているだけで幸福で心が満たされる。じゃなくて！

「どうかな、唯斗？　この水着、似合っているかな？」

どこか不安そうに上目遣いで尋ねてくる奏さん。お約束を破ることなくバスタオルの下に水着を着ていたことに安堵しつつ、しかし魅力あふれる水着姿に俺の脳は沸騰寸前になっていた。

「そ、それはもちろん……凄く似合っているよ、うん。俺の語彙力じゃ表現できないくらい可愛いです、はい」

奏さんが着用している水着はフロントツイストのホルターネックのビキニ。シンプルなデザインだが彼女の魅惑の双丘と谷間を強調しつつ美しく演出している。色は純白な肌に映える艶美な黒で年不相応な色気を醸し出している。

控えめに言って最高である。

もしここが風呂場ではなく人の集まる夏のプールや海だったら多くの男性達の視線を虜（とりこ）にしていたことだろう。

「えへへ、そっかぁ……似合っているかぁ。ありがと、唯斗！　そう言ってくれるとすごく嬉しいよ！」

「むしろ似合わないなんて言う奴はいないと思うけど？」

「私は唯斗に〝似合っているよ、可愛いよ〟って言ってもらいたかったの。だから見せるまで本当は凄くドキドキしていたんだよ？　まぁ今も心臓が壊れちゃうくらいドキドキしてるんだけどね」

そう言って奏さんは顔を赤くしてはにかんだ。

王子様だなんてとんでもない。奏さんは天使のような可憐な女の子だ。

「さて、水着も披露したことだし私もお風呂に浸からせてもらおうかな。それでもって夕飯作りから洗い物までしてくれた唯斗にお礼をしないとね」

「……はい？　お礼なんて別にいらないから入って来ないでほしいんですけど？」

「遠慮しないでいいんだよ？　一日頑張った唯斗への私からのご褒美だと思って受け取ってほしいな」

シャワーで身体を流しながら獲物を見つけた肉食獣のようにぺろりと舌なめずりをする奏さん。その耽美な表情に思わずゴクリと生唾を飲み込む。

「祭ちゃんから色々聞いたよ。唯斗は大きなおっぱいが好きなんだよね？　自慢じゃないけど私も大きい方だと思うんだよね。だから……」

「だから……どうするの？」

頭では聞いてはダメだとわかっていても本能が聞けと叫ぶので、俺は半ば無意識のうちに尋ねていた。返ってきた答えは――

「後ろからぎゅって抱きしめてあげようかなって！　あとナデナデもしてあげる！　どうかな？」

どうかなって、満面の笑みで言われても答えに困る。正直言えばこの提案は俺の好きなシチュエーションだ。おそらくこの辺りも含めて祭から話を聞かされているのだろう。だがここで素直にうんと首を縦に振っていいものなのか？

「それに私は唯斗ともっと話をして、キミのことが知りたいし私のことを知ってほしいの。それには裸の付き合いが最適じゃない？」

「それなら混浴しなくてもできるよな!?　それこそ夜はまだ長いんだし布団の中でたくさん話せばよくないかな!?」

「へぇ……つまり唯斗は『今夜は寝かさないよ、子猫ちゃん』って言いたいんだね？　フフッ、キミも案外肉食ニャンだね」

浴槽の縁に手をかけて猫の真似をする奏さんは可愛いが爆発している。この可愛い子猫を思う存分愛で回したい衝動が芽生えるが、それを全力で抑え込んで俺は風呂から飛び出た。

ああっ！　と奏さんが驚きの声を上げるが全力で無視をする。

「もう……唯斗のいけず」

奏さんの可愛いけれど呪詛のような呟きが聞こえた気がした。

＊＊＊＊＊

お風呂で起きた今日一番の窮地を何とか乗り切った俺の前に、間髪かけずに追い打ちをかけるように更なる試練が訪れた。

「なぁ、義妹よ。これは一体どういうことか説明してくれるか？」

奏さんの水着姿を拝んで膨れ上がった煩悩を振り払い、寝る準備を整えてリビングに足を運ぶと何故か布団が三枚敷かれていた。

「カナデ姉とソファーを移動して、空いたスペースに三人分の布団を敷いただけですが何か？」

「それは見ればわかる。俺が聞きたいのはリビングに布団を敷いた理由の方だよ。というか奏さんと一緒に準備したのか？」

「さすがに私一人じゃソファーの移動は無理だからね。ちなみに三人並んで寝ることを提案したのは私じゃなくてママだから悪しからず」

なるほど、どうやら作戦参謀は祭一人じゃなかったみたいだ。

嬉々とした笑みを浮かべながらあれこれ祭にアドバイスをする母さんの姿が目に

浮かぶ。

「あっ、言っておくけどカナデ姉にも確認を取って三人そろって寝るのは了承済みだから。私の独断じゃないからね」

「そっかぁ。奏さんも了承したのかぁ。勘弁してくれ」

「何が勘弁してくれなのかな？　もしかして唯斗は私と一緒に寝たくないの？」

この状況に頭を抱えていたらお風呂から上がった奏さんがリビングにやって来た。言い方に語弊があるとツッコミをいれようと振り返り、彼女の寝間着姿を見て俺は言葉を失った。

肌色成分が多かった水着姿は煽情的だったが、寝間着姿はそれに匹敵する十二分な破壊力を有していた。

奏さんが着ているパジャマは可愛いモコモコしたデザインが女性に人気のブランドである。しかし可愛いだけではなく色気があるのもこのブランドの特徴でもある。ピンクと白のボーダーカラー。フロントジップの薄手のパーカーと生足を惜しげもなくさらけ出すショートパンツと組み合わせ。しかも中途半端に前を解放しているので美しいデコルテラインが露わになっており、お風呂上りということもあり、わずかに肌が上気しているのが妙な艶めかしさがあって非常に目のやり場に困る。

「ん？　どうしたの、唯斗。ぼぉーとしちゃって？　私の顔に何か付いてる？」

「あぁ、いや……別にそういうわけでは……」

俺の顔をのぞき込むように前かがみになりながら尋ねてくる奏さん。その瞬間、胸元がわずかにはだけて魅惑の空間がチラリと覗く。思わずゴクリと生唾を飲み込んでしまう。

「あれれーー？　もしかしてユイ兄ってばカナデ姉のパジャマ姿に欲情しちゃったのかなぁ？」

ニシシと下卑た笑みを浮かべながら祭が俺の脇を小突いてくる。なんてことを言うんだ、この駄妹は！

「いきなり何を言い出すんだ⁉　欲情なんてするわけないだろうが！」

「はっきり言われたらそれはそれで傷つくなぁ……しくしく」

奏さんは目元を押さえて悲しげに言うがここまで下手な嘘泣きは初めて見た。というか俺を欲情させたいのか？

「カナデ姉を泣かせるとはなんて奴だ！　見損なったよ、ユイ兄！」

「どうして俺が非難されなきゃいけないんだよ⁉」

「ユイ兄が素直に、前かがみになって見えそうで見えないカナデ姉のおっぱいをチラ見したことを白状しないからだよ！」

　おっぱいチラ見とか言うんじゃありません！　語弊がないように言うと俺は奏さんのたわわな果実を見ようとはしてない。偶然視線の中にそれが飛び込んできただけであって故意ではない。

「唯斗が私に欲情していたかは追々問い詰めるとして。この日のために新調したパジャマだけどどうかな？　私には可愛すぎると思うんだけど似合っているかな？」

　奏さんはわずかに俯き、上目遣いで聞いてくるがそろそろいい加減にしてほしい。この人は自分がどれだけ魅力的な人か自覚していないのだろうか。

「ハァ……どうして不安になるのかさっぱりわからない」

「だ、だって……こんな可愛い服着たのは初めてだったから……」

　彼女の私服は二回ほど見たことあるがどちらもパンツスタイルで可愛いよりカッコイイ印象だった。だからと言ってワンピースとかミニスカートのようなフェミニンな洋服が似合わないわけではない。むしろ凛としてカッコイイ奏さんがそういう服を着たらギャップ萌えで悶える自信がある。

「でもこういう服を着たら唯斗が悦ぶって祭ちゃんが教えてくれたから、勇気を出して買ったんだけど……どうやら私には分不相応だったみたいだね」

そう言ってしょんぼりと肩をすくめる奏さん。あれ、おかしいな。なんだか段々腹が立ってきたぞ。チラリと祭に視線を向けると〝思ったことを言ってやれ、ユイ兄〟と瞳がそう訴えていた。

「みんなは奏さんのことをイケメンとか、王子様と言うけど俺から言わせたら奏さんはカッコいいだけじゃない。すごく可愛いよ」

「ゆ、唯斗……？」

「少女漫画が好きでお姫様に憧れているところとか乙女チックで可愛いし、パンケーキ食べて笑顔になったり、拗ねてほっぺを膨らませたりするのも子供っぽくて可愛いからついつい頭を撫でたくなる。お風呂での水着も今着ているパジャマもすごく似合っていると思うし可愛い。その上に無駄にエロくて目のやり場に困るんだよ！」

「えっと、あの……お願い、唯斗。そんな可愛いを連呼しないで。嬉しいけど恥ずかしくて死にそうだよ」

顔、耳、そして首元まで真っ赤にして羞恥に悶える奏さん。俺の隣にいる祭もあんぐりと口を開けて呆けている。

自分でもとんでもないことを口走っている自覚はある。だが一度言い始めたら止まらない。

「つまり何が言いたいかって言うと、俺は奏さんといるとドキドキしない時はないってことだ！」

「……ユイ兄、話が全然まとまってないよ？」

「そんなことは言われなくてもわかってるよ！　奏さんはカッコいいだけじゃなくて可愛い。それこそ俺の中では奏さんが日本一可愛い女子高生だよ」

「わ、私が日本一可愛い……？　唯斗は私のことを誰よりも可愛いって思ってくれているの？」

熱を帯びた艶美な蕩けた表情で奏さんが見つめてくる。瞳も潤んでいるし、心なしか息も荒くなっている。このまま衝動に身を任せて思いきり抱き締めて耳元で〝可愛いよ〟って言えたらいいのに。

「何度も言わせるな……いい加減恥ずかしくて死ぬ」

だがそんな度胸がない俺はぶっきらぼうにそう言いながらそっぽを向いた。だが奏さんはこの対応はお気に召さなかったようで、

「えぇ！　減るもんじゃないんだしもう一回くらい言ってくれてもいいんじゃないかな!?」

そう言いながら詰め寄ってきた奏さんは肩を掴むと俺の身体をガクガクと激しく揺らし始める。密着とまではいかないが距離が近いせいかお風呂上りの爽やかな柑橘の香りが漂ってきて脳が痺れて思考力が低下する。

だが屈するわけにはいかない。俺はなけなしの理性を総動員して奏さんに必死の抵抗を試みる。

「減りますっ！　何かはわからないけど俺の中の大事な何かが減るんですっ！　だから二度は言いません！」

「むぅ、唯斗の意地悪！　ねぇ、祭ちゃんはどう思う？　一回言うのも二回言うのも大差ないよね？」

そこで祭に聞くのは反則だろう⁉　三度の飯と同じくらい楽しいことが大好きな義妹のことだ、どうせ〝カナデ姉の言う通りだよ！　うだうだしてないでバシッと言えばいいんだよ！〟とか言うに決まっている。

「えっと……カナデ姉には大変申し上げにくいのですが私から一言。さっさと爆発しろ、このバカップル！　以上です。ご清聴ありがとうございました」

祭は死んだ魚のような目で言うと盛大なため息を吐いた。

予想外の言葉に俺と奏さんは思わず顔を見合わせる。それにしても言うに事欠いてバカップルは酷くないか？　俺と奏さんは交際しているわけじゃないんだぞ。

「ハァ……まさかユイ兄がここまでカナデ姉ラブだったとは思わなかったよ。さしもの祭様もびっくりぽんです」

「なっ⁉　俺は別に奏さんラブ勢なんかじゃ――！」

「違うなんて言わせないからね！　だってユイ兄のカナデ姉への〝可愛い〟と私やノエルちゃんへの〝可愛い〟は明らかに別物だったもん！　ラブとライクの違いくらい私にだってわかるもん！」

頬を膨らませながら祭は主張する。そんなことはないと俺が否定するより早く祭が口を開いて言葉を続ける。

「ユイ兄がお惚気大魔神だったなんて知らなかったよ！　カナデ姉、覚悟した方がいいよ。ユイ兄は無自覚に甘い言葉をバンバン吐いて照れ死させる天性の才能の持ち主だよ！」

「そうみたいだね……確かに唯斗に可愛いって言われるのは確かに恥ずかしいけど、それ以上に嬉しいから結果オーライってところかな」

手加減してほしいけど、と奏さんははにかみながら言った。悔しいことにそれがまた絵になるほど可憐な微笑みでつい見惚れてしまう。そしてこれは悪手だった。

「〝奏さんの笑っている顔、すごく可愛い〟ってユイ兄の心の声が聞こえてくるんじゃが？　少しは隠す努力をしたらどうかな⁉」

ぷんすかと怒りを露にして地団駄を踏む祭。実際その通りなので俺は何も言い返せず、奏さんは嬉しそうに頬を緩めるだけで何も言わない。この状況は一体なんだ？

「ふぅ……よし、寝よう！　これ以上話していたら私のメンタルが二人のイチャイチャにやられて死んじゃう！」

やぶれかぶれとはまさにこのことだな。祭は三枚の布団の真ん中にぽすっと倒れ込むとそそくさとその中へ潜り込む。

「ちょっと待って祭ちゃん。話が違うよ？　真ん中に寝るのは唯斗って話だったよね？　どうして祭ちゃんが真ん中に寝るのかな？」

奏さんが若干の怒気を孕んだ声で祭に尋ねる。そもそも俺はここで寝ること自体聞いていなかったんだけどな。

「甘い、甘すぎるよカナデ姉！　戦況は流動的で常に変化するものなんだよ！　つまり今のカナデ姉とユイ兄を隣同士で寝かせた瞬間、ＡＭフィールドが最大展開されて一瞬のうちに私は砂糖漬けで殺されちゃうよ！」

我が義妹ながら言っていることが全然理解できない。ＡＴフィールドとかＧＮフイールドならわかるけどAMフィールドってなんだよ。

「AMフィールドは甘々フィールドの略称だよ！　それくらいわかってよね！」

「わかるわけないだろうが……」

逆ギレ気味に祭に叫ばれて俺は思わずこめかみを押さえた。

「そういうわけだからカナデ姉。残念だけど今夜ユイ兄を抱き枕にするのは諦めてください」

奏さんは俺を抱き枕にしようと画策していたのか⁉　ダメだ、自分でも薄々勘づいていたが二人の怒濤のボケにツッコミが追いつかない。

「んぅ……それは残念。でも祭ちゃんを挟んで唯斗と並んで寝るのも今後の予習だと思えば悪くないね」

「ちなみに聞くけど何の予習ですか？」

「そんなの決まっているじゃないか。私と唯斗が家族になった時の予習だよ」

キラッと流星煌めくウィンクを飛ばしながら奏さんは言った。その決め顔はまさしく銀河級のアイドルが如く美麗で惚れ惚れとするのだが、今の俺が抱く感想はただ一つ。

ホント、勘弁してください。色々すっ飛ばしすぎだよ、奏さん。

# 第8話：王子様誕生秘話

翌朝。俺は寝ぼけ眼を擦りながらトーストを齧（かじ）っていた。

布団騒動の後、祭と奏さんはすやすやと夢の中へと旅立って行ったのだが、俺は奏さんの〝予行演習〟発言のせいで眼が冴えてしまって中々寝付くことができなかった。

それに加えてすぐ近くで日本一可愛いクラスメイトがすぅすぅと可愛い寝息を立てているので睡魔はどこかに消し飛んでしまった。おかげで俺の睡眠時間はほぼゼロだ。

「ねぇ、ユイ兄。今日の予定をカナデ姉と話し合ったんだけど……三人で買い物に行くのはどうかな？」

「ん？　俺は別に構わないけど何か欲しい物でもあるのか？」

「うん！　そろそろ夏物の洋服が並ぶから見ておきたいんだよね。そしてカナデ姉にコーディネートしてもらってカッコいい大人な女に私はなる！」

「私もちょうど新しい夏服が欲しかったから色々見て回ろうね、祭ちゃん」

グッと拳を作って息巻いている祭には申し訳ないが、奏さんと比べて祭は身長とか手足の長さとか胸囲とか色々足りないからコーディネートしてもらっても残酷なことになるだけだと思うぞ。

「あっ、ちなみに最初に言っておくけどユイ兄の役目は荷物持ちだけじゃないからね？　超が付くほど重要な役目があるからね？」

「荷物持ち以外に何があるんだよ？　まさか財布を出せとか言うんじゃないだろうな？」

「そそそ、そんなこと言うわけないじゃん！　ユイ兄の役目はカナデ姉のコーディネートだよ！」

「……はい？」

モデルも裸足で逃げ出す美貌と肢体のこの美少女に似合う服を俺に選べと言うのか？　いくら何でも荷が重すぎる。

「どうせ買うなら唯斗が可愛いって言ってくれる服を選びたいと思ってね。だから申し訳ないけど今回ばかりは唯斗に拒否権はないから悪しからず」

「むしろ俺に拒否権があった記憶がないんだけど？」

俺が心の中でため息を吐いていると祭がニヤニヤと邪悪な笑みを浮かべて俺の脇を小突いてきた。

「甘いなぁ、砂糖菓子より甘い考えだよ、ユイ兄。むしろこれはカナデ姉をユイ兄の色に染め上げる絶好のチャンスだよ！」

普段の俺ならきっと〝何を言っているんだ、この駄妹は？〟と呆れて一蹴するところだが、今の俺は寝不足で思考能力が著しく低下している。だから奏さんを俺色に染め上げるチャンスという祭の発言に妙に昂ってしまい、

「なるほど……つまり俺が奏さんに着てほしい服を選んでいいってことだな？」

「Ｅｘａｃｔｌｙ！　ユイ兄の手でカナデ姉を可愛いお姫様にしてあげるのが今日のミッションだよ！　なんならついでに私のこともコーディネートしてくれてもいいんじゃよ⁉」

「奏さん一人で手一杯だから丁重にお断りということで」

俺が即答すると某ギャンブル系主人公のように〝どうしてだよぉー⁉〟と叫ぶ祭。

朝から元気で羨ましい限りだ。こっちは必死にあくびを噛み殺しているというのに。

「フフッ。唯斗がどんな服を選んでくれるのか楽しみだよ。期待しているからね？」

「精一杯選ばせてもらうけど、くれぐれも過度な期待はしないでくれよ？　なにせ女の子の服を選ぶのなんて初めてなんだからな」

それに自分でも言うのもなんだが俺自身センスがある方ではない。基本的に洋服を買う時は店員さんのオススメされたものかマネキンが着ている物を買うだけだからな。

早くも心の中で不安と後悔に押し潰されそうになっている俺とは対照的に奏さんはとても嬉しそうに頬を緩ませていた。

「もう、カナデ姉ったら顔に出過ぎだよ！　そんなにユイ兄に服を選んでもらうのが嬉しいの？」

「そりゃもちろん。だって私が着たら可愛いと思う服を唯斗が選んでくれるんだよ？　嬉しくないはずがないじゃないか。それに――」

「それに？」

「唯斗の初めての相手になれて嬉しいんだ。てっきり祭ちゃんとかノエルちゃんを相手にしていると思っていたからね」

わぉと祭が両手を頬に当てて驚愕の声を上げる。俺は急な眩暈に襲われてこめかみを押さえる。わざとだよな？　わざとそういう誤解を招く言い方をして俺を困らせようとしているんだよな？

「念のため言っておくと、私も唯斗が初めてだから安心してね」

「服だよな⁉　男に服を選んでもらうのは俺が初めてって意味だよな⁉」

「それはもちろん……唯斗の想像した方も、だよ。言わせないでよ、馬鹿」

頬を朱に染め、唇を尖らせて奏さんは拗ねた口調で言った。理不尽な物言いだけど照れた顔の奏さんも可愛いなと思ってしまうから俺も末期だな。

「ハァ……まだ付き合っていないのにこの調子ならこの先どうなるんだろう。心配だなぁ」

重たいため息とともに吐き出された祭の呟きを俺は聞かなかったことにした。

＊＊＊＊

朝食を食べ終え、俺達は電車を乗り継いで郊外にある複合型のショッピングモールに向かった。

ここは有名ブランドがテナントとして軒を連ねているので洋服選びには最適な上に、映画館や本屋、果てはゲームセンターまであるので一日いても楽しむことができる施設となっている。

さらにゴールデンウイーク真っ只中ということもあって家族連れやカップルでたいそう賑わっていた。

そして現在。洋服を買いに来たはずなのにぐるぐるあてもなくウィンドーショッピングをしただけで一時間が経過した頃。何故か俺は奏さんと二人きりになっていた。

この買い物の言い出しっぺの祭は十分ほど前に、

『あっ、ごめん！　ノエルちゃんから電話がかかってきちゃった！　ちょっと長くなるかもしれないから二人でぐるぐる回ってて！』

と突如言い残して俺達の前から風のように去っていた。そこはかとなく口元に邪悪な笑みが浮かんでいたように見えたが気のせいだと思いたい。

そしてあの駄妹のことだ。どうせこの近くにいて俺と奏さんの様子を盗み見しているだろうし、その上で仕事中の母さんにメッセージで状況を逐次報告しているかもしれない。

「難しい顔をしてどうしたの、唯斗？　どこか具合でも悪いの？」

「いや、祭が何を考えているのかさっぱりだなぁって思ってさ。それよりどうしようか？　このまま祭が戻って来るのを待つ？」

「ううん。祭ちゃんには申し訳ないけど時間も勿体ないから二人で服を買いに行かない？　祭ちゃんがいない方が唯斗もやりやすいと思うし……どうかな？」

奏さんの言う通りだな。遠目から見られていたとしても隣で冷やかされるよりはかなりマシだ。会話も聞かれることもないしな。

「そうだな。待っている時間も勿体ないからそうしようか。祭には後で俺から連絡入れておくよ」

「さすが、唯斗！　話がわかるね！　それじゃ早速、さっき気になる服があったから見に行こうか！」

元気よく言いながら奏さんは俺の手を取って走り出した。細くしなやかな白魚のような手の感触にドキッと心臓が跳ねる。奏さんと手を繋いでいる事実に嬉しさと恥ずかしさを覚えて頬が熱くなる。

「人が多いから走ったら危ないよ、奏さん」

そんな気持ちを悟られないよう、俺は努めて冷静な声で前を行く美少女に注意を促すとすぐにスピードを落としてくれた。

いつもならいたずらっ子のような笑みを浮かべながら〝大丈夫だよ、問題ない！〟と言ってくるところなのにどうして？

「もう……唯斗のバカ。強く握りすぎだよ」

奏さんが耳まで真っ赤にしながら呟いた言葉が喧噪の中でもはっきりと聞こえた。素直に従ってくれたのは俺が奏さんの手をギュッと握って引っ張ったからだったようだ。

「ご、ごめん、奏さん！」

「ダ、ダメ！　離さないで！」

俺が慌てて手を離そうとしたら今度は逆に奏さんが俺の手を強く握り締めてきた。そして上目遣いで懇願するように、

「お願い、唯斗。こ、このまま……ギュッて握ってくれないかな？」

ダメかな？　と今にも泣きそうな声で言われてしまっては俺に与えられた選択肢は〝はい〟か〝イエス〟の二つ。断ることはできない。

「か、奏さんがそうしたいなら……」

「――！　ありがとう、唯斗！」

頬を掻きながら俺が答えた瞬間。奏さんの顔から不安の色が消え去り満開の花が咲き誇る。

そして嬉しさが爆発したのか勢いよく俺の腕に抱き着いてきた。さすがにこの展開は予想外だ。

「ちょ、奏さん⁉　さすがに大勢の人がいる前で腕を組むのは恥ずかしいというかまずいというか……とにかくいったん離れてくれないかな⁉」

密着することでふわりと爽やかなバーベナの香りがふわりと漂って鼻腔をくすぐり、さらに服の上からでもはっきりとわかるむにゅっと柔らかいたわわな果実の感触に脳が痺れる。

「ここまでするのはさすがにちょっと早かったかな。驚かせてごめんね、唯斗」

「あ、あぁ……」

ぺろりと舌を出して微笑みながら奏さんは俺から離れた。もう少し果実の感触を味わっていたかったぁ、なんて微塵も思っていない。

「それじゃ改めて行こうか。エスコート、頼んでもいいかな？」

「かしこまりました、お嬢様——と言いたいところだけど。まずは店の場所を教えてくれると助かるかな」

何とも締まりのない俺の返事に奏さんは一瞬ポカンと呆けた顔になるが、すぐに口元を押さえながらクスクスと笑みを零した。

「ごめん、ごめん。もう笑わないから拗ねないで。似合わないことはするもんじゃない。まさか唯斗が執事の真似をするなんて思わなくて……」

この後、ひとしきり笑って満足した奏さんから目当ての店の名前を教えてもらい、人込みではぐれないようにしっかりと手を握って俺達はゆっくりと目的地へと向かった。

「あっ！　この店だよ、唯斗！　このマネキンのパンツコーデがいいなぁって思うんだけどどうかな？」

到着するや否や奏さんは目を輝かせながら指差した先にあるのは、濃紺のデニムと黒のキャミソール、その上から透け感の強いシアー素材のガウンを羽織った綺麗さと色気を同時に醸し出す装いのマネキンだった。

この服装が奏さんに似合うか似合わないかで言えば間違いなく前者だ。十人中十人がそう答えるだろう。

すらりとした美脚にタイトなデニムは映えるし、胸元が開いたインナーのキャミソールもアウターのガウンの透け感と相まって可愛さと色香が同居していて素晴らしい。だけど――

「いいと思うけど、これだとちょっと可愛いというよりカッコイイじゃないか？」

今日の買い物の一番の目的は奏さんの可愛い洋服選びだ。残念だがこのコードではその趣旨から少し外れてしまう。

「前々から疑問に思っていたんだけど、どうして奏さんは王子様って呼ばれるようになったんだ？」

「どうしてって聞かれると困るんだけど、多分口調とか立ち振る舞いのせいじゃないかな？　自分で言うのもなんだけど、私の話し方って男っぽいでしょう？」

「んぅ……言われてみればそうかも、って感じだけどな」

「フフッ、ありがとう。私がこういう口調になったのは弟のためだったんだよね。唯斗にちゃんと話すのは初めてだけど、私のお父さんは私が中学生の時に病気で亡くなっていてね。その時弟はまだ小学生になったばかりだったんだ」

その哀愁漂う表情に目が離せなくなり、世界から彼女の声以外が消えたような不思議な感覚を覚える。どこか懐かしむような目で遠くを見つめながら奏さんは話を続けた。

「お母さんは弁護士で私達姉弟のために夜遅くまで働いているから必然的に家のことは私がするようになったんだ。でも幼い弟には突然お父さんがいなくなったことは理解できなくてね。〝お父さんはどこ？〟って毎日のように聞かれて大変だったよ」

そう言って奏さんは苦笑いを零した。弟さんの気持ちは痛いほどわかる。父さんが病気で亡くなってすぐの頃は俺も母さんに何度も尋ねた。その時の母さんの悲しそうな微笑みは今でも鮮明に覚えている。

「だから私は弟のためにお父さんの代わりになろうって決めたんだ。まぁお母さんは渋い顔をしていたけどね」

奏さんは肩をすくめておどけてみせるが、反対されるのは無理もないことだ。いくら奏さんが頑張ったところで本当のお父さんは二度と帰ってこない。そしてそのことは時間が経てばいずれ弟さんも理解する。それがわかっているから奏さんのお母さんも渋い顔をしたのだと思う。

「でもその時の私にはそうするしか弟の悲しみを癒す方法が思いつかなかったんだよ。必死にふるまう私を見てお母さんは何も言わなくなったけど、一つだけ約束させられたことがあるんだ」

「約束？　それってどんな……？」

「髪の毛だよ。お母さんにこう言われたんだ。〝立ち振る舞いや口調をお父さんみたいにするのは構わない。でも外見は……せめて髪の毛だけはあなたの思うようにしなさい。そこまでお父さんを真似てしまったら奏が奏でなくなってしまうわ〟ってね」

髪は女の命とよく言うが、奏さんの長く絹のようになめらかで、透き通る純黒の夜空のような黒髪は彼女のアイデンティティだ。それまで手放してしまったら〝姫宮奏〟という存在そのものがこの世から消えることを彼女のお母さんは危惧したのだろう。

「私の黒髪はお母さん譲りでね。長くて綺麗で……小さい頃から大好きなんだよね。だから髪の毛だけはお父さんを真似ず、こうして伸ばしているってわけさ。これでわかってくれたかな？」

「あぁ……よくわかった。話してくれてありがとう、奏さん。それから——よく頑張ったね」

言いながら俺は彼女の頭を優しく撫でた。

突然の俺の行動に奏さんは驚いて目を見開くがすぐに穏やかな表情へと変わり、どこか嬉しそうに目を細めた。

「ありがとう、唯斗。キミが初めてだよ。この話をした時に〝頑張ったね〟って言ってくれたのは……」

「そ、そうなのか？」

「うん。みんな〝大変だったね〟とか〝辛くないの？〟って言うばかりだったから」

奏さんは誰かに褒めてもらいたいわけじゃない。そのために半ば自分を押し殺してお父さんの代わりを務めようとしたわけじゃない。ただひとえに残された大切な家族のために彼女は頑張ったのだ。そんな奏さんに俺がしてあげられることは――

「弟さんの前ではお父さんで、みんなの前では王子様なら……俺といる時くらいは普通の女の子に戻るのはどうかな？」

「……え？」

「ほ、ほら！　奏さん、前に喫茶店で〝私の前にも現れないかな……王子様〟って呟いていただろう？　まぁあいにく俺は王子様って柄じゃないけど奏さんがよければ――俺がキミの王子様になる。ならせてくれないか？」

自分でもなんでこんなことを言ったのかわからない。今日日のラブコメ主人公でもこんな自意識過剰で恥ずかしいイタい発言はしないと思う。穴があったら入るからそのまま埋めてほしい。

「ねぇ、今の言葉は本当なの？　唯斗が私の……私だけの王子様になってくれるの？　私の聞き間違いじゃ……ないよね？」

そんな俺の心境とは裏腹に、奏さんは胸元をギュッと押さえながら期待と不安がごちゃ混ぜになった表情で尋ねてきた。

その声は降っては消える雪のようにか弱く、宝石のように綺麗な瞳には潤んだ膜が張られている。

普段は王子様のあだ名に相応しく強くて凜々しいのに、時折見せる儚げな乙女のようなか弱さが俺の中の庇護欲を無性に掻き立てる。このまま抱きしめて愛でたいとすら思う。

「聞き間違いじゃない。俺でよければ奏さんの王子様に……って恥ずかしいから二度も言わせるな、馬鹿」

とはいえ羞恥心もいい加減限界に近く、頬も火傷するくらい熱を帯びているので俺は顔を逸らした。その様子を見て奏さんはフフッと笑みを零して、

「願いは口にすれば叶うって言うけどまさか本当に実現するとはね。世の中何が起こるか本当にわからないね」

「俺だって、まさかこんなことを言う日が来るとは思わなかったよ」

「後悔してももう遅いから悪しからず」

奏さんは不敵な顔で言いながら腕を絡めて、絶対に逃がさないと言わんばかりの圧を放ちながら見つめてくる。

「さて、それじゃそろそろ私に似合う服を選んでもらおうかな。私をあなたの色に染め上げてね、唯斗。なんちゃって♪」

言いながらてへっと舌を出しておどける奏さん。

一々ドキッとさせるようなことを言ったり可愛い仕草をしないでほしい。これでは心臓が幾つあっても足りない。

「ハァ……勘弁してくれ、奏さん。可愛いがすぎる」

「もう！　恥ずかしいからそんなド直球に言わないで！　あと今日から私以外の女の子に簡単に可愛いって言ったらダメだからね！」

唯斗は私だけの王子様になったんだから！　と頬を膨らませる奏さん。

やっぱり早まったかと後悔する反面、乙女で可愛い奏さんを独占できるのは男冥利に尽きるというか、この先に得るだろう幸福を全て前借りしている気さえする。

「そんなことより早く洋服選んでよ！　私を可愛くコーディネートしてね、王子様」

この後。散々悩んだ結果、俺は桜色のオフショルダーのロングワンピースを選んで奏さんに試着してもらい、言葉を失うほど可愛い乙女が爆誕したのは言うまでもないだろう。

# あとがき

初めましての方は初めまして、お久しぶりの方はお久しぶりです。雨音恵です。

この度は『俺の前では乙女で可愛い姫宮さん』をお手に取っていただき誠にありがとうございます！

「Ｔｗｉｔｔｅｒとかエ●デンリ●グとかウ●娘ばっかりやってないで執筆しろ！」という声が聞こえたり聞こえなかったりしますが、それはあくまで仮の姿だったと証明できて一安心です。

ただ本作を執筆中にＶｔｕｂｅｒに嵌ってしまって時間が無限に溶ける恐怖を味わいました。個人的な推しは百満点のお嬢様を目指している方ですわ。あの方のおバ●オハ●ード配信が毎日の活力になっておりますわ。

さて、この辺りで少し真面目な話をしておきましょうか。

僕は周囲からイケメンと言われているような美少女がふとした時に見せる照れた顔が大好物です。クール系のヒロインが好きな人の前でだけ見せる無邪気な笑顔とか最高です。最高ですよね？（同意を求める無言の圧力）

そうした僕の性癖――もとい好きを詰め込んだのが本作のヒロイン、姫宮奏です。

周りからの評価とは裏腹に可愛い物が大好きでミーハーなところもあり、それでいて主人公の前でだけは乙女で可愛くなる女の子です。

もう一人のヒロインの夢乃ノエルは姫宮さんとは真逆に位置する、とにかく可愛いを詰め込んだ女の子です。もっと登場シーンを増やすことが出来たらよかったんですが如何せん文字数が……もし2巻を出すことが出来たらグイグイ主人公に迫ってもらうと思います。

忘れてはいけないのが義妹の祭ちゃんです。

実を言うと三人の女の子の中で祭ちゃんが一番書いていて楽しい女の子だったりします。なにせ姫宮さんにしろ夢乃さんにしろ、ついでに主人公の唯斗君にしろ、基本的な立ち回りはボケなので如何せん慢性的なツッコミ役不足なんです。祭ちゃんもボケ役なんですがＴＰＯをわきまえてツッコミもしてくれるので非常にありがたい存在なんです。なので書き始めてすぐの段階で〝祭ちゃんに背中を蹴っ飛ばしてらもらう〟ことに決めました。

そして口絵を見てお気づきの方はいらっしゃるかと思いますが、本作においても健全なるお風呂シーンがございます。雨音恵と言えばお風呂シーンと言わんばかりに今回も書かせていただきました。そしてＲｅ岳先生が最高のイラストを描いてくださいました。お風呂上りのパジャマ姿の挿絵もあるので、そちらはぜひ本編で確認してみてください！

ここからは謝辞へ。

担当Nさん。慣れないラブコメにもかかわらず的確な助言をくださりありがとうございます。キュンキュン、ドキドキしていただけて何よりです。今後ともよろしくお願いいたします。

イラストレーターのRe岳先生。イラストという形で本作に命を吹き込んで頂きありがとうございます。カバー、口絵、挿絵どれも素敵で届くのが楽しみで仕方ありませんでした。本作を一緒に作り上げることが出来てとても楽しかったです。

本書の出版に関わって頂いた多くの皆様にも感謝を。

そして一番にこの本を買ってくださった読者の皆様、本当にありがとうございます！　無限の感謝を！

書くことはないぞと思っていましたがそろそろページ数が迫ってきているのでこの辺で失礼させていただきます

それでは、二巻でまた皆様とお会いできますように。

雨音　恵

# 俺の前では乙女で可愛い姫宮さん

2022年8月10日　初版第1刷発行

著　　者　雨音 恵
イラスト　Re岳
発 行 者　岩野裕一
発 行 所　株式会社実業之日本社
〒107-0062　東京都港区南青山 5-4-30
emergence aoyama complex 3F
電話（編集）03-6809-0473
（販売）03-6809-0495
実業之日本社ホームページ　https://www.j-n.co.jp/
印刷・製本　大日本印刷株式会社
装　　丁　AFTERGLOW
D T P　ラッシュ


ISBN978-4-408-55741-0（第二漫画）